노래했을 뿐이다

노래했을 뿐이다

인물시 **2**

그리고 시가 시인에게로 갔다

신달자 외 | 이인 그림

문학나무

시인과 화가가 함께 그린 초상화

시인도 초상화를 그릴 수 있을까? 전기를 쓸 수 있을까? 기획의 출발점은 이것이었다.

문학이 궁극적으로 인간에 대한 이해와 연구일진대 시로써 인간을 제대로 그릴 수 있다면 그 시는 언어로 그린 초상화가 될 수 있을 것이다.

그래서 여기, 인물 창조에 나선 시인들이 있다. 전시대에는 '전형적 인물의 창조'가 소설가의 특권이었지만 지금 이 시대에는 시인도 얼마든지 실존인물을 형상화할 수 있다.

전기작가가 책 한 권을 통해 어느 인물의 생애를 쓸 때 시인은 그 인물의 단면을 한 편의 시로 스케치한다. 그 인물의 특징을 한 편의 시로 요약, 정리한다.

우리는 28명의 시인(소설가 1명)에게 인물 소재 시를 청탁하여 52편의 시를 받았다. 시인들에 의해 그려진 초상화는 한용운과 서정주, 박목월 등 선배문인이 압도적으로 많았지만 최불암·손예진 같은 연예인, 장사익·조수미·김광석 같은 가수도 있었다. 시인의 평범한 주변인물도 있었고 머플러가 차 뒷바퀴에 빨려 들어가 목뼈가 부러져 죽은 무용가 이사도라 덩컨, 모딜리아니가 폐결핵으로 죽자 임신한 몸으로 그 다음날 건물 6층에서 투신자살한 그의 아내 잔느 에뷔테른, 처형 직전 두건 씌우기를 거부하며 눈을 뜬 채 의연히 죽은 이라크 대통령 후세인도 있었다. 인물시집의 대상이 된 이는 예수에서부터 황진이까지라고 할 수 있으니, 얼마나 많은 다양한 인물인가.

시만 있는 것보다는 시와 그림의 조화가 더욱 바람직할 것이다. 편집회의 결과 우리는 이인 화가에게 이 모든 이들의 초상화(캐리커쳐)를 그려줄 것을 부탁했다. 화가는 몇 달에 걸쳐 혼신의 열정으로 각 인물의 특징을 잡아 한 컷 한 컷 그려나갔다.

국내에서 처음으로 발간하게 된 이 '인물시집'은 여기서 끝나는 것이 아니다. '문학나무사'는 시인들이 인간 연구를 할 수 있는 큰 마당에 이제 한 장의 자리를 깔았을 뿐이다. 앞으로 『젊은시』『젊은소설』과 더불어 매년 1권씩 발간될 인물시집에 독자들의 관심이 집중되기를 기대한다. 인물시는 시인의, 인간에 대한, 인간을 위한 문학이다.

2008년 겨울
『문학나무』 편집위원 일동

노래했을 뿐이다

| 차례 |

사랑했을 뿐이다

| 차례 |

이인 _ 화가

동국대학교 예술대학 졸업 및 동대학원 졸업
개인전 13회(가람화랑, 샘터화랑, 미술회관, 금호미술관 등)
hommage100(코리아나아트센터)
그림, 문학을 그리다(북촌미술관)
역사와 의식, 독도진경전(서울 옥션스페이스)
남한강, 자연과 역사(학고재화랑)
시카고 아트페어(미국 네이브피어)
대한민국 미술대전 비구상부분 심사(2003)
국립현대미술관, 경기도미술관, 외교통상부,
제주현대미술관 등 다수 작품 소장
산문집 『색색풍경』

homepage:www.inistudio.net

인물시 | 그리고 시가 시인에게로 갔다 ②

노래했을 뿐이다

1쇄 발행일 | 2009년 1월 5일

시 _ 신달자 외 | 그림 _ 이인

지은이 | 신달자 외
펴낸이 | 황충상
펴낸곳 | 문학나무

출판등록 | 제300-1991-1호(구:2-1111) 1991. 1. 5.
주소 | 110-809 서울 · 종로구 동숭동 15번지
TEL 02-3676-4588 FAX 02-3673-4577
이메일 | mhnmoo@hanmail.net
ⓒ신달자 외, 2009

값 8,500원

ISBN 978 - 89 - 92308 - 22 - 9 03810
      978 - 89 - 92308 - 20 - 5 03810(세트)

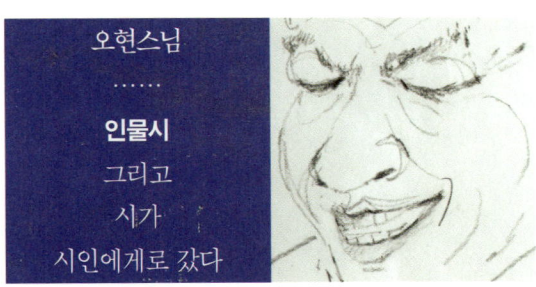

오현스님
······
인물시
그리고
시가
시인에게로 갔다

시작 노트 | 오현스님을 신달자가 쓰다

스님은 늘 과장법을 잘 쓰신다 시인의 과장법은 시의 이미지로
통하니까 그것은 그분의 내장된 무수한 상상력과 통하는 것일
것이다 낙승이라는 말씀도 그와 같이 염불이고 설법일 것이다
낙승이 아니라 낙인이라고 바로 앞 사람에게 호통을 치는 것 같
은 그 말씀 속에는 오만가지 경문이 들어 있을것.
이 조촐한 시가 예를 빗나가거나 말았으면 한다

오현스님
혼의 살점으로

낙승落僧이라 하시었습니까

네네 낙승이십니다

떨어지지 않은 승僧이 승僧이겠습니까

온전하게 자신을 보좌한 승僧이 승僧이겠습니까

네네 낙승이십니다

설악산 정상에서 몸을 날려 조각 조각이 난 그 정신이
다시 구름위로 몸을 날려 조각이 다시 가루로 박살난 그
미세한 혼의 살점으로

부실한 인간들의 틈을 메워 주었습니다

네네 낙승이십니다
낙승이 곧 비승飛僧이 아니고 무엇입니까

13

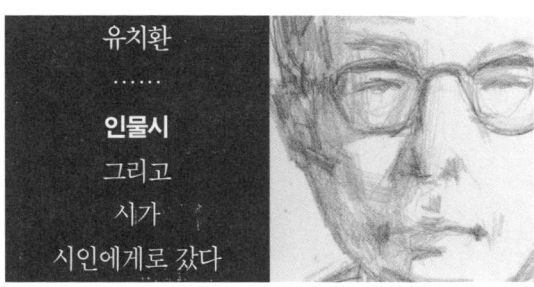

유치환
……
인물시
그리고
시가
시인에게로 갔다

시작 노트 | 유치환을 서영수가 쓰다

봄이다. 우리의 들판, 못자리를 만들기에 농부들은 여념이 없다.
그렇듯이 청마 시인의 못자리에 시의 촉을 틔웠던 고교시절 잊
을 수 없다. 참으로 사랑을 받았던 그이 앞에 알찬 꾸중을 깨치
지 못했던 나는 나이는 어떻게 먹었는가 싶다.

청마 선생은 인간을 중시했다. 문학보다 시보다 먼저 '인간'이
란 것을 무언으로 가르치신 분― 바위 같은 시인이었다.

잔재주에 넘쳐 상타기를 좋아했던 나는 한때 선생의 뒤켠에서
투둘대던 철부지. 시인도 아닌 시인이 일찍 되어 버렸던 나를 두
고 언제나 철이 들까 했다. 마침내 철들어 보냈던 작품 발송 3일
만에 타계 급보를 듣고 초상에 갔더니 청마의 책상 위에 봉투가
입을 연 채 울고 있었다.

유치환
불멸의 그림자

나는 보았지. 청마靑馬의 그림자를
내 시는 시가 아닐지라도
영주永住하는 나의 뜰에 생화生花로 피어난
한 송이 꽃이라고, 늘 나의 가슴에 달아 주시던 그 쇠소
리 같은 음성
함묵하는 바위, 대지를 뚫어 생명을 풀어내는 불멸의 그
림자를

괴로워도 웃고 취하여도 웃는 술자리 방석 위에
시인과 인간의 초상화를 그려놓고
1950년대 전후戰後의 짙은 밤 어둠을 밀치던
크고 육중한 손 짓눌러 쓰던 펜 글씨.
살아서 일어서는, '소리 없는 아우성'
그 영원한 「깃발」을 나는 보았지.
청마가 밟고간 이 땅의 진동. 외로운 몸짓, 의지의 항변
을

경남 거제 둔덕골에서 통영 유약국집 문턱을 돌아
북만주 세찬 바람에 옷깃 펄럭인 귀로의 발자국 소리 소
리를

경주 반월성 청솔 가지에 걸어 놓고
토함산을 오르다가 밤을 맞아 가난에 찌들린 밤을 맞아
'쪽샘' 주촌酒村의 술단지에 너와 나 그을린
얼굴을 건지던 날.
나는 들었지. 고교시절 모자창에 내린 봄비 소리를
나는 보았지. 검고 둥근 커다란 안경테 속에
꽃술로 터지던 그의 햇살을

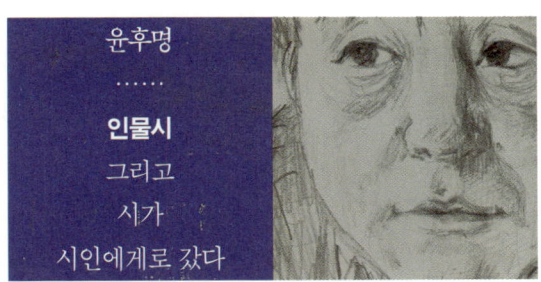

윤후명
······

인물시

그리고

시가

시인에게로 갔다

시작 노트 | 윤후명을 황충상이 쓰다

오랜 세월 윤후명 형은 내 앞쪽에 서서 걸어가며
그의 그림자를 줍는 나를 돌아보았다.
무엇에 쓰려고.
그의 염려를 벗어나지 못해
나는 아직 그를 따라가고 있다.

윤후명
말하지 않을까

일찍이
시가 소설이 되지 않는다는
그것까지 안 그는
여자의 파도를 안고
소설에게 왔다

여자에게는
속이 없다 하면서도 들추고
들여다보고
들여다보고
그는 웃지 않았다
단지
몸이 술이다가 술 이야기로
여자를 건너갔다

물 위를 걷는 소설을 써야지
이제 그는
술 없이 홀로
웃는 법을 안다

원효는 물을 건너지 않았다
아마도 조만간
그는 그림자와 내통하는 웃음을
왜 웃는지
말하지 않을까

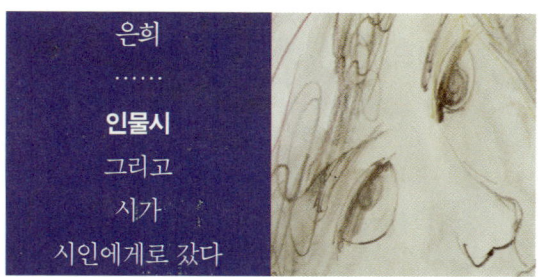

은희
······
인물시
그리고
시가
시인에게로 갔다

시작 노트 | 은희를 박세현이 쓰다

돌아보니, 내 젊은 날이 벌써 과거화되어 회고도 애증도 다 떠내
려갔다는 생각, 그보다는 그 시절들이 여전히 현재화되고 있다
는 순간을 '은희'의 목소리가 되살려주었다.

은희
싸아랑해

사랑해 당신을, 정말로 사아랑해
당신이 내애 곁을 떠나간 뒤이에
통기타 몇 가닥에 섞여서 스무살
바닷물 속으로 가라앉았던 그 노래
부른 여자 은희,
연극배우 박정자와 박인환의
'지금 그 사람 이름은 잊었지만'
을 노래한다
그 눈동자 입술은 내 가슴에 있네
이어지고 또 이어지는
시를 시큰둥해 하다가도 이 대목에 이르면
처절했던 한 인류를 쓸어담고 만다
나 땅 한 뙈기 가진 거 없어
나는 정말 너무 가진 게 없어
연극배우라는 이름 석 자 밖에 없어
넉넉하게 들리는 그 말을 듣고 오늘을 접는다
사랑해 당신을, 정말로 싸아랑해
당신이 내애 곁을 떠나간 뒤이에
얼마나아
그래도 산다, 살자!

지난 세기 70년대 그 목소리 고대로
되돌려준 가수 은희가 찡, 해서
남몰래 오늘 저녁을 은박지에 둘둘 말아댄다
(난, 아직 정신 못 차렸어)

이문구
......
인물시
그리고
시가
시인에게로 갔다

시작 노트 | 이문구를 장석주가 쓰다

이문구 선생과 직접 면을 트거나 한 적은 없었다. 광화문이나 청
진동 등지에서 간혹 스쳐 지나친 적이 있다. 나는 『관촌수필』이
좋아 선생을 먼 발치에서 흠모했다. 그 작품은 정서의 깊은 곳을
울린다. 양양 낙산사의 동종도 산불로 녹아버리고 어제는 6백년
을 버텨온 숭례문도 한 순간의 불꽃으로 사라졌다. 술을 좋아하
고 사람을 좋아하던 선생도 서둘러 가셨다. 왜 귀하고 미쁜 것들
은 세상을 빨리 떠나는가 !

이문구

긴 꿈 덧없다

십년 전 청진동 골목 어귀에서
문득 스쳐 지나간 한 사내.
암소를 닮은 그 사내의 어깨에
상심한 별 몇 개가 떨어져 앉고
바람은 한사코 외투자락에 매달렸다.
그 뒤로 바람결에 전해들은 낙향 소식,
몸에 몹쓸 병이 슬었다는 소식,
세상보다 앞서 세상을 버렸다는 소식,
중모리 자진모리로 넘어가는 게 세월이던가.
중부 내륙의 기후는 여전한데
양양 낙산사 동종銅鐘이 화마火魔에 녹고
숭례문도 한 떨기 숭엄한 불꽃으로 졌다.
외양간에서 암소가 순한 눈으로 울고
남쪽에는 동백꽃이 뚝뚝 졌다 한다.
다시 청진동 골목 어귀에 오니
낙향했다는 그 사내
제 뒤쪽에 그림자 드리우고 우두커니 서 있다.
짧은 낮 긴 꿈 덧없다, 덧없다,
천년 오동나무 거문고는 우는데
춘궁春窮의 시절이다, 해가 지고 있다

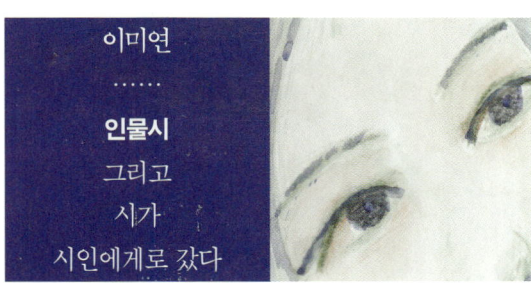

이미연

......

인물시

그리고
시가
시인에게로 갔다

시작 노트 | 이미연을 고운기가 쓰다

『여고괴담』의 신임 교사로 부임해 오는 이미연 씨의 모습이 평범하면서도 인상적이었다. 영화야 그렇고 그랬지만, 영화 속에서 이미연 씨의 비중 또한 그렇고 그랬지만, 적어도 형식과 내용 공히 역할 자체로는 "서울의 중산층의 교양 있는" 표준어 같은 이상형이 아니고 무엇이었으랴. 실은 이런 꽁생원이 바라는 이미지와 전혀 딴판이라 할지라도.

이미연
표준어 같은

담 너머 작은 정원에 목백일홍이나 장미 아니면 달리아
가 피어 있는 집이었던가
단층 양옥의, 벽은 붉은 벽돌이 감싸고 있어서, 해 저물
때면 한결 고와지는 집이었던가
현숙해 보이는 부인이 때로 마당을 둘러보고 목백일홍
이나 장미
아니면 달리아가 그의 힘에 의해 피기라도 하는 것 같은
집이었던가

현숙한 부인이 더러 그를 닮은 딸과 외출하는 문 밖에서
우연히 마주친 계절을 몇 번이나 돌아들었는지 몰라도

나에게는 현숙한 부인 같은 그의 딸이 오래도록 머릿속
에 남는 것이었다.

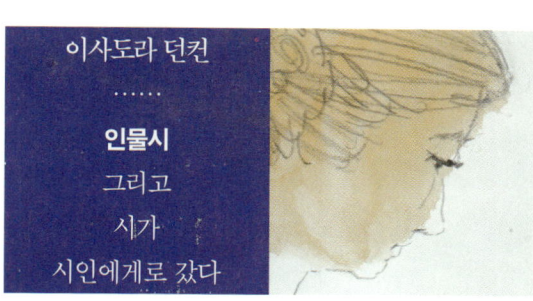

이사도라 던컨
......
인물시
그리고
시가
시인에게로 갔다

시작 노트 | 이사도라 던컨을 한우진이 쓰다

1978년 예비군복은 내 유일한 외출복이었다. 1974년 가을 외진 충주 어느 다방 시화전에서 만난 인연으로 나는 그 예비군복에 명찰만 영문자로 바꿔 달고 껄렁껄렁 이상호 시인(현 우리들병원 원장)을 국립의료원으로 찾아가 취직을 부탁했다. 무모한 억지였으나 박지열 시인이 만든 신생출판사 '모음사'에 취직이 되었다. 말이 취직이지 거의 술심부름과 서점의 여직원에게 증정본과 손수건 배달이 전부였다. 거기 모이는 시인들 중 서정춘 시인이 나를 싹수있게(시 몇 편을) 보는 바람에 모진 서울을 잘 견뎠다. 모음사에서 만든 첫 번째 책이 "이사도라 이사도라"였다. 번역은 당시 KBS기자였던 유자효 시인이, 장정은 화가 이동기가 맡았다. 불과 며칠 사이로 민음사에서 같은 텍스트의 "맨발의 이사도라"가 한국일보 G기자의 번역으로 출간됐다. 서점의 가판대는 전쟁이었다. 그 시절에 '이사도라 던컨'을 알게 됐다. 나는 2개월도 채 못 버티고 건설회사로 이직했다. 1979년 김금지를 주인공으로 '이사도라 이사도라'를 무대에 올렸는데 거의 내 일처럼 극장에서 살았다. 나는 안전모 안에 이사도라 던컨의 사진을 넣고 다녔다. 자유의지와 세속에 대한 거부가 나와 맞아떨어진 데가 있었다. 하지만 그녀는 그녀 자신을 춤의 정신으로 끌고 갔으나 나는 풀죽은 샐러리맨으로 80년대와 90년대를 통과했다. 그러나 그 꿈이 완전히 마르지 않았는지 나는 지금도 매일 자연의 상속자이기를 꿈꾼다. 맨발의 시를. 수사가 사라진 시를.

이사도라 던컨

시를 춤춘다

그 시절에는 토슈즈, 코르셋, 그리고 노을이 있었다. 새들은 검었으며 장미는 로댕 앞에서 피었다. 발은 물결에 놓이고 불에 덴 아이들이 있었다. 지금은 오후 세시 같은 사내가 제일 형편없지만 그 시절 오후 세시에 이사도라 던컨은 신났다. 무용학교는 다른 학교가 문을 닫는 오후 세시에 봄이 하늘에 굵은 립스틱 한 줄을 긋는 것처럼 색색하게 열렸다. 그녀는 외쳤다. "바다—행복" — 물결 위의 소녀, 밤의 리듬인 별, 어둠의 세력인 별, 관능에 몰두하는 바람이 있기에 바다야말로 인간의 몸짓과 가장 깊숙이 관련돼 있다고 할 수 있을지니.

물방울이 떨어지는 춤을 추는 무용가와 흐르는 춤을 추는 무용가가 있다. 우리는 잔을 채울 시간이 부족한 채로 옷만을 적시고 부당하게 된다. 자체로 흐르는 무용가에게서 드디어 잔을 가득 받는다. 그녀의 스카프가 바람에 날리듯이 책이 쓰러져 니체의 문장이 쏟아진다. '열정의 변호인' — 우리가 든 차가운 잔에 뜨거운 물. 그리고 한 페이지가 넘어간다. '눈의 가르침이 귀의 가르침보다 더 중하고 귀한지고!' 머리를 푸는 이사도라블즈 — 자연의 상속자들.

칠흑의 마루에 항아리가 구른다. 편도선이 부은 장미가 긴 목을 뽑아 올리고 있다. 의인화하지 말아야지, 변비에 좋은 시는 자두, 신경질적인 자두라도 자두는 자두 변비에 좋은 시. 무용학교에서 풍금소리가 들린다. 건반을 누를 때마다 무용학교 건너편 풍금아파트에 불이 하나 둘 켜지고 구름엘리베이터가 내려온다. 수사하지 말아야지, 숨쉬기에 좋은 시는 자연, 아무리 어눌한 자연이라도 자연은 자연 숨쉬기에 좋은 시. 칠흑의 마루에 숄이 미끄러진다. 턱을 괴고 있던 이사도라가 벌떡 일어나 시를 춤춘다.

　꿈을
　　만들어야겠어
　　　　　　꿈으로
　토슈즈의
　　　　입을
　　　　　막아버려야겠어
　무용학교에서
　　　　필요한 건
　　　　　　　신발이 아니라 리듬이잖아
　코르셋의 끈을

잘라내고
날개를 달아야겠어
나를 굴복시키는 것은
오로지
자연
내가 나를 결행하게
하는 것은
자유
시가 분방하여야 하듯이
춤도
그래야 해
어떤 변명이
자연의 침묵을
깰 수 있겠어
춤의 근육을
초승달로
채워야겠어
굽은 나무의 눈
얼음 위의 달밤
시내와 친근한 바람

무용학교를
    빛나게 하는 건
        구름엘리베이터에서 내리는
  신들의 출근
내가
  결행하는 것은
      사랑
나를
  지탱시키는 것은
      맨발

그 시절에 새들은 검었으며 다들 아이를 낳기 전에 결혼했으며 영향 받기를 거부한 새에겐 비난이 덮쳤다. 모욕이 뒤섞였다. 딸을 낳자 도나우 강기슭에서. 아들을 낳자 예세닌. 고든! 장미꽃잎을 흩뿌려라. (그녀의 몸은 불덩이로 변해 이글거렸다) 봄 바다로 뛰어들기 전에 그녀는 율동의 샘에서 목을 축였다. 탐욕이 오기 전에 모독이 가해지기 전에, 그녀는 처음인양 뛰어올랐다. 북소리가 들리고 푸른 공기 속으로 그녀의 육신이 명주고름처럼 스르르 풀렸다. 그녀의 몸은 춤의 정신에 이르는 도구에 지나지 않왔다.

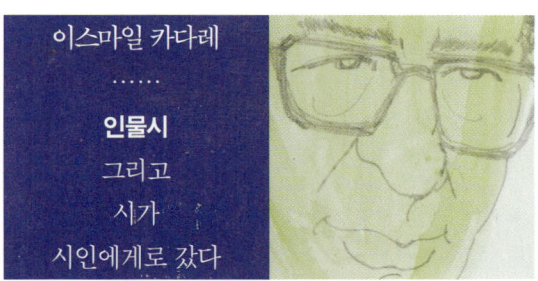

이스마일 카다레
......
인물시
그리고
시가
시인에게로 갔다

시작 노트 │ 이스마일 카다레를 곽효환이 쓰다

1998년 봄, 전화戰禍에 휩싸인 발칸반도는 다시 세계의 화약고
로 주목받았다. 유고연방의 해체, 보스니아 내전 그리고 절대 다
수의 알바니아계를 향한 소수의 지배계층 세르비아계의 인종청
소. 수백 년을 거슬러 올라가 얽힌 도무지 실마리를 찾을 수 없
는……. 그 무렵 알바니아가 낳은 위대한 그러나 망명한 작가
이스마일 카다레를 만났다. 모두가 그의 입과 펜을 바라보지만
개인으로서는 너무도 무력한 그의 분노와 절규. 이듬해 봄 나토
의 무력 개입으로 사태는 진압되었지만 10년이 지난 지금도 코
소보는 여전히 불안하다. 그는 지금 어디에 있을까.

이스마일 카다르에
리얼이야

이스마일 카다레

나는 손님을 중시하는 나라에서 태어났으나 만년晚年을 나라 밖에서 떠도는 손님으로 지냈지요. 명예를 지키기 위한 복수로서의 살인 카눈은 알바니아 고원지대의 오랜 관습이지요. 2차대전 전까지 남아 있던 카눈은 열정이 아니라 숙명이지요. 거리를 둔 죽음의 법칙, 일정한 거리를 두고 신호를 하지요.

이제 너를 쏜다고. 가문의 명예와 복수가 담긴 이 총탄이 다시 나를 향해 날아오겠지만 그래도 이 순간 너를 향해 분노를 실어 방아쇠를 당긴다고. 그리고 살인자는 희생자의 장례식에 참석해야만 하지요. 피해자가 가해자로, 가해자가 희생예정자로 신분이 뒤바뀌는 견디기 힘든 아이러니와 운명의 시간은 더 큰 연쇄, 대량살인을 막는 냉정의 장치이지요.

그날 이후 발칸반도에서 최소한의 규범은 사라졌어요. 4월이었어요. 시위가 있었고 그리고 인종청소로 이어졌지요. 4월이었어요. 비극의 메커니즘은 그렇게 사라졌어요. 그래요 4월이었어요.

아직도 이곳엔 피의 잔흔이 남아있어요. 6백 년 전의 지배자가 희생자가 되고 피지배자가 학살자가 된 지워지지 않는 살육의 코소보. 사람들은 날마다 울면서 전화를 해요. 수백 년 전의 일로 왜 이렇게 죽고 죽이느냐고. 낡고 허물어져 사라진 줄만 알았던 중세의 성城으로 어느 날 되돌아온 것 같다고.

어쩌면 우리 모두는 아가멤논의 아이들일는지도 몰라요. 아버지의 복수를 위해 어머니를 죽여야 하는. 언제부턴가 형제를 이웃을 닥치는 대로 마구 죽여 대는 발칸의 아이들. 이 숙명 같은 굴레를 어떻게 해야 하나요. 발칸은 아가멤논일지 몰라도 이들은 오레스트도 이피게니에도 아닌데. 나는 늙은 망명 작가일 뿐인데.

멀리서 누군가 나를 불러요. 두려워요. 고개를 돌리면 봄처럼 몸이 들리고 모든 게 산산이 흩어지고 부서져 나갈 것 같은……. 4월이에요.

이육사
……
인물시
그리고
시가
시인에게로 갔다

시작 노트 | 이육사를 유안진이 쓰다

우리가 다시 어떤 위기에 처하게 된다면 이육사 같은 시인이 몇이나 될까 상상하게 된다. 왜 그런 불길한 가정을 하게 되는지는 모르지만, 아마도 그림이나 음악과 달리 시는 민족혼이라는 민족어에 전적으로 의존되기 때문이 아닐까 한다. 따라서 시인의 삶과 작품은 별개일 수 없다고, 많은 작품을 남기지도 못한 이육사 열사께 시인으로서 빚짐을 느끼기 때문일 게다.

이 표상像
20080902
宇仁 寫

이육사
절정의 겨울무지개

캄캄절벽 깜깜 절망의 일제강점의 36년 동안
내 나라 내 민족에게 한발 재껴 디딜 단 한 곳이 없었던
모질고 참담했던 겨울의 절정에서
갈망으로 언약으로 떠올랐던 시인 이육사李陸史
만주땅 일제 감옥 죄수 264번이 되어서도
조국 대한제국이 대륙의 찬란한 역사 되기를 소망하는
조선민족의 뜨겁고도 뜨건 열망자체가 되어
광복을 보지 못하고 안타깝게도 순절한
애국시인 독립운동가

나라와 민족이란 무엇인가를
민족과 시인이란 어떠해야 하는가를
생애를 던져 불태운 시인독립운동가
모국어로 가락 빚어 민족혼을 지켜냈고
몸을 얻은 나라에다 몸을 돌려 바쳤으니
시와 삶은 둘이 아닌 하나임을 몸소 증명하시었어라
내 고장의 청포도 잘 익은 향기까지 풍겨주시었어라
올바른 역사를 올바르게 몸소 가르쳐주시었어라
민족이려거든 시인이려거든
겨울무지개로 살다가야 한다는

바로 그것까지를.

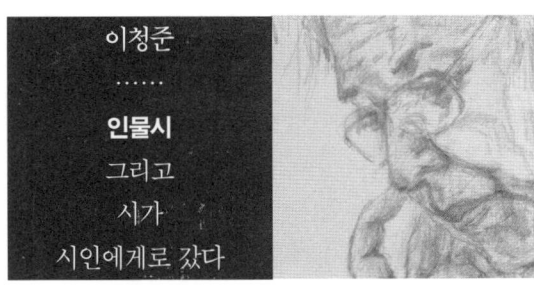

이청준
······
인물시
그리고
시가
시인에게로 갔다

시작 노트 | 이청준을 곽효환이 쓰다

우리 문단에 가장 오랫동안 크게 영향을 준 소설가 가운데 한 분이 이청준 선생이리라. 폐암투병임을 담담히 고백했던 그가 어느날 항암치료를 중단했다고 했다. 댁에서 뵌 선생은 인연이 여기까지인 것 같다고 더는 미련을 갖지말고 정리하자고 했다. 얼마후 입원, 다시 병실을 찾은 내게 선생은 할 말을 지난번에 다 했다고 끝내 면회를 사양하셨다. 그리고 문단의 큰 별 하나가 스러졌다. 생전 그의 성품만큼이나 조용히 그리고 깨끗이.

이청준
아직 연습이 필요하다

그날 이후
몇 번을 망설이다 그의 집을 찾았다
초여름 남색 털모자를 반듯이 눌러 쓴 그는
이제 약을 끊었다고 선언하듯 말했다
평생 거짓이야기로 세상을 현혹한 죄와 벌에 순응키로
했다고

가끔 세상은 불가능한 공존을 요구한다
몸무게를 늘리라고 하고서는 도통 입맛을 없애고
운동을 하라 하고는 일어설 기력마저 없애는
혹은 무언가 말을 해야 하는데 도무지 말문이 트이지 않
는 정적
내내 창밖을 바라보는 그의 시선을 따라
녹음이 점점 더 짙어졌다

요즈음은 헤어지는 일을 한다고 했다
누구를 만나든
내 마음에서 그를, 그 마음에서 나를 지우는
상처 없이 그러나 단호하게

배꽃 분분히 날리는 일자산 자락 습지 어스름 길

가슴 아래 한 귀퉁이가 아련히 아려오는

참을 수 있을 법한, 좀체 지워질 것 같지 않은 통증이 동행해 왔다

더 늦기 전에 남도여행 한번 다녀와야겠다

아직 연습이 필요하다 나는

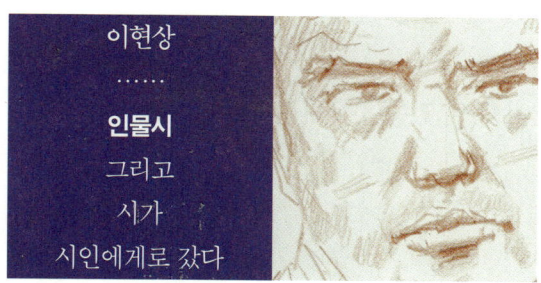

이현상
······
인물시
그리고
시가
시인에게로 갔다

시작 노트 | 이현상을 이원규가 쓰다

빨치산 총수 이현상 선생은 내가 서울을 떠나 지리산에 입산하게 된 결정적인 인물이다. 자주 빗점골에 들어가 비운의 한 사나이가 마시던 계곡물과 푸른 그늘의 바람과 짙은 안개 속에서 한국 현대사의 하루 하루를 돌아본다.

이 현상
2008 仁

이현상
내 마음속의 빗점골

내 마음 속의 지리산 빗점골

어느 모퉁이엔가 웅크리고 앉은 사람

성큼성큼 검은 산으로 들어가더니

아직 돌아오지 않았다

흔들리며 일어서는 검은 산 지리산

굴참나무 뿌리 내린 돌무덤 속

하얀 발가락 마디마다 꿈꾸는 별

절망하거나 다시 절망할 때

혁명의 날개를 잃어 가 닿을 수 없는 독백들이

끝내 바둥거리다 곤두박질치는 지점마다

지고 또 피는 홀아비바람꽃들

고단한 분단 반세기의 표류 속에서

끝내 서러운 꿈 하나 낚아 올릴 수 없는 밤

별의 꼬리를 부여잡고 한없이 꿈틀대며 승천하는

내 남루한 기억 속의 빨치산

지금 여기는 어디쯤인가

언제나 혁명을 꿈꾸면서도

지순한 노예의 습성을 버리지 못하는 지금

눈물 속에 다시 눈물꽃이 피고

허물을 벗겨 보면 다시 허물이 도사리는

지금 여기는 어디쯤인가
곳곳에 하나씩의 비밀 아지트를 남겨두고
모두들 살해당한 지리산 빗점골
그곳에서 나는 무련, 그대를 만난다
도리어 새장 밖으로 갇혀 있는 세상을 위해
새장 속의 새는 결정적으로 날개를 버리고
무덤 밖으로 묻혀 있는 세상을 대신해
잠들지 못하는 주검의 두 눈에도
마침내 눈물이 흐른다
비틀거리는 나의 그림자를 밟으며 바짝 뒤따르는
음울한 바람의 눈초리
그대 이십세기의 꿈은 새로워지는가
내가 생각하는 만큼의 하늘은 이내 무너져 내리고
내 회상의 지리산 빗점골
어느 모퉁이엔가 웅크리고 앉은 산사람이
더 깊이 고개를 숙이는 늦가을 저녁 무렵
뜨거운 나의 이마를 떠나
끝없이 질주하는 한줄기 별빛
나는 정녕 나의 얼굴을 기억하는가
나는 정녕 나의 목소리를 들어보는가

여태 매듭 하나 풀지 못한 예지의 더듬이를 보듬고
여백으로 비워둔 내 오랜 잠의 속살
그 속으로 수많은 잔뿌리를 내리며
빨치산 위령제를 올린다
그대 산사람의 타는 듯 메마른 입술 사이로
한국 현대사의 하루를 돌아보며
내 심장의 자물통을 잠근다 열쇠를 버린다
산 너머 산이 있고
바람의 끝에서 다시 바람이 분다

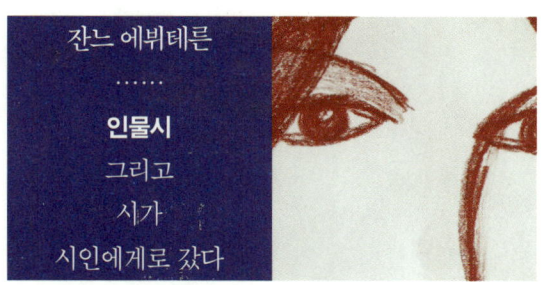

잔느 에뷔테른
……

인물시

그리고

시가

시인에게로 갔다

시작 노트 | 잔느 에뷔테른를 이윤설이 쓰다

잠이 안 오는 밤에는 / 나보다 더 행복한 사람을 생각한다 / 나보다 행복한 사람이 나보다 더 불행하였다는 걸 생각한다 / 그 생각을 하면 그 생각을 꾸준히 하면 / 눈이 파랗게 슬프고 목이 기다란 여인 생각을 하면 / 사랑에 목숨을 걸어서 어쩌자는 것인가 / 어쩌자는 것인가 / 나는 눈이 파랗게 슬프고 목이 기다랗게 잠은 안 오고.

잔느 에뷔테른*

라벤더 베개

밤은 엊그제 안녕, 하고 헤어진 네 얼굴처럼
잘 기억나지 않는 이유로부터 왔다
추운 입술처럼 보랏빛 베갯닛 속에는
말린 라벤더잎들이
사륵사륵 모래 소리를 내며 내 머리의 뉘인 각도에 따라
가장 적절할 수면을 위치 지우려 라벤더라벤더라벤더
허공에 던져진 그물 모기장같이 아득한 향의 장막을 친
다
　그만 눈을 감아라 밤에는 옷을 벗고 머리를 풀르고 아기
로 돌아가야 한단다
　모든 순간은 향기로운데도 숨을 쉬지 못할 만큼 어두운
밤을 본다
　흐르는 눈물방울이 베개를 적신다
　말랐던 꽃이파리가 기지개를 틀며 활짝 피어나고
　뻗어 오르는 넝쿨에 휘감겨
　나는 두 다리를 가지런히 모으고 들어 올려진다
　자장 자장 자장 너는 밤마다 내 눈물을 받아먹고 자랄
거야
　내가 돌아누울 때마다 라벤더라벤더라벤더
　요람은 저 멀리 영원으로 흘러가며

라벤더는 나를 재우고 나는 라벤더를 재우고
그물망 밖에는 빗에 엉킨 머리칼처럼 향에 휘감겨
슬픔의 날벌레들이 안타까이 붕붕거린다
라벤더는 말라붙은 입술로 언제까지나
잘자라 잘자라
눈물의 꽃이 핀다
나는 라벤더 꽃밭을 밟으며 너에게 간다

*잔느 에뷔테른:화가 모딜리아니의 연인. 모딜리아니가 폐결핵으로 죽은 이틀
 뒤 잔느는 임신 팔 개월의 몸으로 아파트 6층에서 투신자살을 한다.

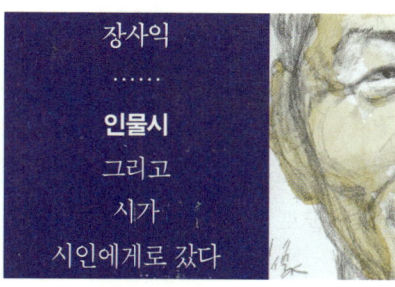

장사익
······

인물시

그리고

시가

시인에게로 갔다

시작 노트 | 장사익을 오세영이 쓰다

장사익을 누구라고 이야기하기는 힘들 것 같다. 음유시인이기도 하고, 소리꾼이기도 하고, 가수이기도 하고, 무당이기도 하고, 풍류객이기도 하고······어떻든 나는 그의 노래를 들을 때마다 한 시대를 그와 같이 호흡하고 살 수 있다는 것이 복되고 행복함을 느낀다.

장사익
한 축복이여

누가 인간만이
영혼을 가졌다고 하는가.
그대 목소리가 와 닿는 사물들은 그 즉시
무엇이든 살아 숨 쉬는구나.
한 순간의 심호흡과 깨어난 혼의 그
황홀한 전율,
그대가 사랑이라 이름하면 그것은
사랑이 되고
그대가 기쁨이라 이름하면 그것은
기쁨이 된다.
가객 장사익,
고단한 시대의 한 축복이여!
강가에 쓸쓸히 앉아 내
그대 애절한 진양조 한 가락을 듣나니
그대 소리 한마당에 이 세상은 문득
화안한 꽃밭이 되고
나는 그 위에서 뛰노는 착하디 착한 한 마리
짐승이 된다.

조수미

......

인물시

그리고

시가

시인에게로 갔다

시작 노트 | 조수미를 오세영이 쓰다

세상에 태어나서 누군가를 행복하게 해 줄 수만 있다면 얼마나
가치 있는 사람일까. 그러면서 문득 나의 시도 누군가를 단 한
사람이나마 행복하게 해주었을까 생각해본다. 조수미, 오늘도
나는 차를 몰면서 시디로 그의 노래를 듣는다. 참으로 영혼을 순
결케 하는 그 황홀한 목소리여.

조수미
새빛으로 거듭난다

정녕 의심하노니
그대 과연 사람인가, 천사인가.
인간의 목소리가 어찌 그리 아름답고
천사의 목소리가 어찌 그리 애절한지.
그대 아리아를 듣고 있으면
내 영혼 선율 따라
허공으로 황홀하게 날아올라서
밤하늘의 반짝이는 별인 듯싶구나.
그대는 필시
삶의 괴로움을 달래주기 위해
하늘이 이 땅으로 보내주신 신神의 딸,
그대 있음에
한 시대 감동으로 충만하고
그대 있음에
한 세상 새빛으로 거듭난다.

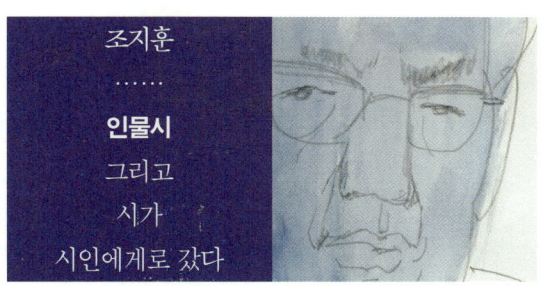

조지훈
······

인물시
그리고
시가
시인에게로 갔다

시작 노트 | 조지훈을 서영수가 쓰다

나는 문학 소년 시절 복많은 학생이었다. 청마, 미당, 동리, 목
월, 지훈 등의 사사를 받으며 문학시장 장돌뱅이처럼 자랐다. 지
훈 선생을 처음 만난 것은 중학시절 잡지 『학원』의 지면에서였
다. 서울 서라벌예대 문창과 시절 청마의 심부름으로 때로는 지
훈 시인의 체온에 반하여 자주 삼선교를 넘어 성북동 한옥 마당
을 찾았다.

선생은 쪼끼 차림으로 앉았다가 낯익은 나를 보고도 두루막 정
장을 한 후 나의 손을 잡고 인사를 받았다.

학자요 시인, 조선 마지막 선비인 지훈은 저승에 일찍 날 받아
가셨지만 이 땅의 영원한 병풍으로 남아 나무 무성한 산을 이루
고 있다.

小艾工像
20080901
朴仁寫

조지훈

이승과 저승 사이 걸쳐진 무지개가 뜬다면
성큼 성큼 건너와
색실보다 진하고 긴 인간 얘기를
주렴처럼 걸어 놓고
사계四季에 익은 말씀 술잔 위에 녹힐 시인
지훈 조동탁

걸어 나온다 지훈의 발자국 소리
서울 인사동 골목길을 열던 백자 항아리
배가 불러 서글픈 조선의 살결 그 수묵 및 자화상이
경상도 영양 일월면 주실마을에 산삼처럼 드러나
그 삼불차三不借 ― '사람과 글과 돈을 빌리지 말라' ―
그 삼불차 지켜온 외진 걸음걸이
20세기 초원을 기린처럼 누벼 온 목이 긴 시인
'지조론' 책갈피가 바람에 펄럭인다

흰 옷에 검은 쪼끼 알뜰이 받쳐 입고
젊은 학생 나에게도 두루막을 걸쳐야 손을 잡던
조선의 마지막 선비 손등처럼 남아있는 성북동 골작을
타고

삼선교를 건너면 햇살은 오늘도 살아서 일어선다
"꽃이 지기로소니
바람을 탓하랴"
"병마에 시달려도
찾아온 병을 탓하랴" 낙화의 정 육성이 되어
이승과 저승 어귀 장승으로 섰으리.

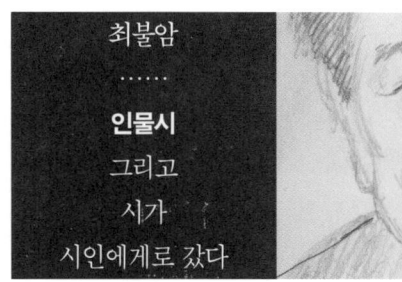

최불암
......
인물시
그리고
시가
시인에게로 갔다

시작 노트 | 최불암을 이경림이 쓰다

백발의 그가 화면에서 예의 그 쓸쓸한 웃음을 웃고 있다
허름한 점퍼에 구부정한 어깨를 하고 천천히 걸어가는 그의 뒤
로 그림자가 길다. 마을 어귀의 늙은 그 정자나무는 아직도 그렇
게 서 있을까?
그 그늘에서 어른거리던 사람들은 모두 어디로 갔을까?
아버지의 가슴에 분명히 있었을 그 휑한 구멍을 왜 나는 보지 못
했을까
아아, 밤마다 들리던 낮은 휘파람 같은 그 처연한 소리가 그의
울음이라는 걸 알지 못했을까?
아버지!

최불암
20080829

최불암
휘|이|이|이|이

마을 어귀에는 수백 년 묵은 정자나무 한 그루가 서 있
었다
　장대비 속에서도 폭풍우 속에서도 그렇게 서 있었다.
　구부정한 어깨로도 청청하였다
　그림자가 넓고도 길었다.

　그 그늘에서 몽당 빗자루만하던 아이들이 어른이 되어
떠났다
　내기 바둑을 두던 노인들이 하나 둘 사라져갔다
　그는 그저 시푸르게 거기 있었다.

　어느 날부턴가 사람들은
　그의 가슴에 뻥 뚫린 구멍이 있는 걸 알았다

　바람이 많이 부는 날 밤이면
　휘이이이이
　온 마을을 휘돌던 그 나직한 소리가
　가슴으로 토해내는 그의 울음이라는 걸 알았다.

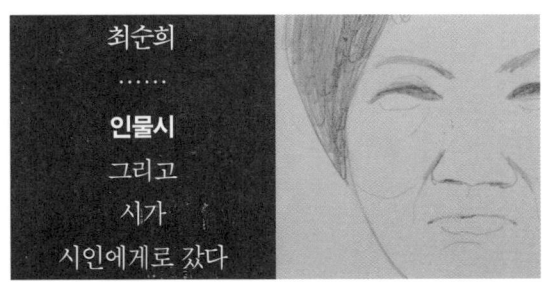

최순희
······

인물시
그리고
시가
시인에게로 갔다

시작 노트 | 최순희를 차승호가 쓰다

가방끈이라고는 국민학교 중동무이한 게 전부다. 보리곱삶이의
젊은 날부터 농투성이다. 들판의 손이다. 뜨거운 손이다. 실존
노동운동가, 내 어머니.

최순희

콩밭 매나 운동이나 매한가지 아니라니?

지난 달 코골이 심하여 병원에 갔다 덜컥 갑상선 수술
받은 어머니 콩밭 매는 건 운동이 안 된다는 처방에 따라
저녁 자시면 나서는 산책길, 따라나섰네

콩밭 매는 건 노동이라고 허넌규

노동은 무슨, 얼절이나 겉절이나 썩어 읆어질 육신 움쩍
거리는 거 아닌감? 산책도 들판 둘러보는 일로 여기시는
가 농로 따라 억세게 뻗은 껄껄이풀 걷어 내시네

공부 많이 헌 의사양반 운동 운동 허니께 그냥 그런개비
다 허넌 겨

농사꾼 발자국 소리 표가 나는지 문풍지처럼 바람귀 세
우는 들판 무량수 들판

들판은 어머니(최순희, 1942~)가 다 키우시너먼그류
낮에는 노동으로 밤에는 운동으로 어머닌 무슨 노동운동
가 같유, 말허자면 실존 노동운동가

들판 깊은 어디쯤 뜸부기 울음 잦아드네 내게 몇 번이나
남았는지 알 수 없는 즐거운 시간 하나 저물어 가네

아직 살아 있으니 실존은 실존이구먼그랴

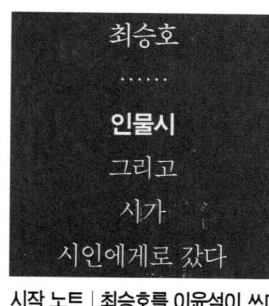

최승호

......

인물시

그리고

시가

시인에게로 갔다

시작 노트 | 최승호를 이윤설이 쓰다

나는 최승호 시인을 개인적으로 알지 못한다. / 다만, 내가 다시는 시를 쓰지 못하며 / 다시는 시를 쓰며 살지 않을 게 분명했던 몇 년 전, / 그의 문학강연회 청중으로 나는 앉아있었다. / 그때 단상 위에 놓여진 그의 손을 보았다. 아니 그의 손이 나를 이끌었다. / 아주 강렬했고, 찰나처럼 잊혀졌다. / 몇 개월 뒤, 이 시를 발견했다. / 썼다는 것조차 완벽하게 잊고 있었던 / 7년인가 8년 만에 쓴, 시였다. / 이 시가 나를 불렀고, / 나는 이 시로부터 어떤 부름에 이끌리듯 용기를 내어 / 아주 조금씩, 누가 볼까봐 몰래, 다시 시를 쓰기 시작했다. / 그날 최승호 시인의 손을 만나지 않았다면, 다시 시를 쓰지 못했을 것이다. / 그리고 '인물시'를 청탁받지 않았다면, 그분께 외람되어 발표하지 못했을 것이다. / 어떤 우주의 기운이 열리고 닫히는, / 미지의 손에서 손으로 이어지고 잡아주는, / 그 힘과 악력을 느낀다.

최승호

말라붙은 측백나무의 근육에 관하여

나는 그의 뼈를 물고 노을에 씻어 삼키는 까마귀를 보았
다

눈보라가 퍼부었고

검은 까마귀는 너무 큰 뼈를 삼키었다

깃 사이로 흰 골격이 앙상히 섞여 있었다

그는 누구로부터도 완전히 삼키어지지 못했다

허공에서 하얀 뼈마디가 쏟아졌다

그는 독한 가시처럼 빛이 되어

아무렇게나 굴러다녔다

아무도 피를 흘릴 각오가 없다면

삼키려 하지 않았다 그가 점점 닳아 바늘 같아졌을 때

날아오르는 아이의 뒤꿈치를 찔렀다

아이가 비명을 지르며 울었다

주위에는 아무도 달려오지 않았다

그는 아이의 말랑한 살에 깊이 깊이 파고 들어가

다시 흰 뼈가 되었다. 아이의 불거진 근육이 되어버린
저 핏줄

터질 듯 역류하는 송류관, 그는 자신의 육체를 흡입하며
뻗어오르는

나무였다, 나무의 혼의 입이었다.

나는 그를 외면하였다.

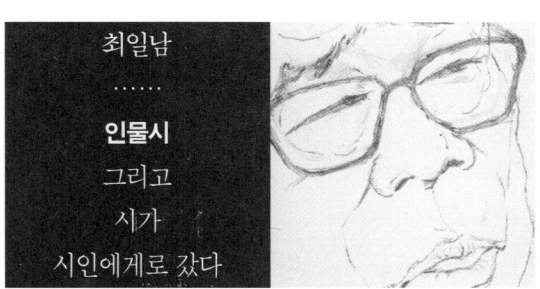

최일남
……
인물시
그리고
시가
시인에게로 갔다

시작 노트 | 최일남을 곽효환이 쓰다

치열했지만 돌아보면 암울했던 시절이 있었다. 무엇이든 전쟁처
럼 했던, 아니 하지 않으면 안 되었던 시절.『동아일보』최일남
칼럼을 읽고 손으로 옮겨 적으며 행복하고 통쾌했다. 막걸리처
럼 걸쭉한 입담에 담긴 예리한 시대의식. 그를 닮고 싶었다. 그
리고 한참 후 사회에서 만난 선생은 글과 사람이 같은 모습이었
다. 그래서 행복했다. 출세한 촌놈, 진짜 청년 촌놈, 영원히 아름
답고 그립고 건강한 내 가슴 속 맨 앞자리에 있는 청년.

초민님像
20080903
효근寫

최일남
닮고 싶었다

    대학신문 2년차 겨울방학, 자기 이름을 단 기명 칼럼 작성을 앞둔 학생기자들은 연탄난로를 피운 편집실에 모여 각자 닮고 싶은 신문칼럼들을 필사했다. 살을 에는 듯한 삭풍에 맞서 하얀 손에 입김을 불어넣으며 바닥에 뒹구는 마른 나뭇잎이라도 무기삼아 겨울 하늘 한 귀퉁이라도 겨누어 찌르고 싶던 섬뜩하기 만한 시절. 한 선배가 던져준 날짜 지난 신문 뭉치를 넘기며 최일남 칼럼을 읽고 또 베껴 나가면 절로 웃음을 머금게 하는 해학 속에 흔들리지 않는 어떤 서늘함이 가슴 속 깊이 박혀왔다. 텁텁하고 걸쭉한 탁배기 같은 입담에 실은 결코 첨예함을 잃지 않은 그의 글을 옮겨 적은 이 백자 원고지 붉은 칸의 삐틀삐틀한 자간과 행간을 오가며 그해 겨울을 났다. 수양버들에 물이 오를 무렵 나는 그의 글을 아니 그를 닮고 싶었다. 그리고 한참을 지나 만난 그는 신문쟁이가 아닌 노년에 접어든 소설가였고 나는 일을 핑계로 학동, 그의 동네를 무시로 찾았다.

1
강남구청 앞 한 식당 이조,
작고 소탈해 뵈는 어느새 이순을 훨씬 넘긴 작가는

점심상을 두고 마주한 문청의 끝 모를 질문에
그저 넉넉한 웃음을 보태주고 있었는데
일하는 아주머니가 밥상을 물리며 물었다
"준비할까요?"
황급히 손사래를 치며 그는
"아니 아니, 오늘은 안 쳐. 젊은 청년 이야기 들어줘야
돼"
신문사 그만두고 가끔 옛 동료들과 점심 먹고 소일하던
그 비빔밥집
두툼한 담요를 가운데 펴고 화투장 펼쳐들어
선생과 팡팡 꽃놀이 하고 싶었다
만년의 그처럼 환하게 웃고 싶었다

2
고교시절 하교 길에 들르던 전자오락실이 있던 한양쇼
핑센터가
명품관 갤러리아백화점이 되고 로데오거리가 된
그 길목 어느 칼국수집에서 점심을 마치고 선생이 물었
다
"맥도널드 가서 커피한잔 할텨?"

"아니 맥도널드도 가세요?"
"이 사람아 내가 압구정동 늙은 오렌지인 거 몰러"
플라스틱 의자에 마주앉아
그가 손녀딸을 데리고 종종 들른다는 사실을 알았다
"딸은 다 좋은데 애써 키워 시집보내고도 애프터서비스
를 해줘야 한단 말이야. 그것도 보증기간이 꽤 길어요"

3
선생이 고회를 지나고도 한참 후엔가 전화를 드렸을 때
댁에서 뵈었던 키가 훤칠하고 고운 모습 그대로인
부인께서 자상하게 전화를 받았다
인사를 드리고 선생을 청하자 수화기 너머로 들려오는
소리
"일남 씨, 일남 씨, 전화 받으세요……."
그날 수화기를 붙잡고 한참을 한참을 소리 내어 웃었는
데
"……이 사람, 싱겁기는 이러고 사는 거 처음 보
나……."

세상에 하나밖에 없는 사내

세상 첫 번째 남자

영원히 아름다운, 웃음 많은 내 가슴 속 그리운 청년

일남―男 씨

최치원
······
인물시
그리고
시가
시인에게로 갔다

시작 노트 | 최치원을 서상영이 쓰다

누군가가 '오렌지' '오린지' 투덜대며 영어교육을 주장한다. 참 사소하다. '파인애플'을 시켰으면 그만 아닌가. 현 정부의 교육론은 '영어교육의 간부화' '영어교육의 현대화' '전인민의 영어화' '전국토의 영어화'로 요약될 수 있겠다. '국민, 국가 무용론'을 담고 있는 것 같아 참으로 부담스럽다.

최치원

최치원하면 토황소격문을 떠올리지 자동이야, 이것이 이제까지 우리들에게 가르친 교실의 이데아 됐어 이제 됐어 이제 그런 가르침은 됐어, 당말唐末 중앙관리, 환관, 지방관리의 횡포에 민중이 들고 일어난 사건이 '황소의 난'이잖아, 우리나라로 치면 망이망소이의 난 동학의 난일 거야 그런데 왜 우린 최치원 ─ 토황소격문을 떠올려야만 하는 걸까, 됐어 이제 됐어 이제 그런 가르침은 됐어 만약 김부식이 '토망이격문'을 썼다면 신채호 선생은 만금을 내어 족족 사들여 태워버렸겠지 아무리 명문일지라도 의중이 변할 수는 없기 때문 신라의 대표적인 학자가 토황소격문을 썼다고 자랑한다면 중국인들은 우리를 향해 뭐라고 할까 중국의 역사에 민란이 한두 번 있었던 것도 아니고 그때마다 '토아무개격문'의 명문이 얼마나 나붙었을까, 그런데 왜 우린 천년이 지난 지금까지 최치원-토황소격문을 달달 외워야하는지 됐어 이제 됐어 이제 그런 가르침은 됐어 난 할아버지가 당나라 벼슬한 것, 토황소격문을 쓴 것 상관하지 않아, 만약 우리 중 누군가가 뉴욕타임즈지에 '토빈라덴격문'을 썼다면 역시 마찬가지겠지 조금은 아니 많이 부끄러워할지도 몰라, 됐어 이제 됐어 이제 그런 가르침은 됐어, 아직도 어른들의 무의식에 남아있는 사

대주의의 잔재, 바꿀 거야 우리가 토토황소격문을 만들 거
야 그리고 최치원의 보다 깊은 세계를 배워야지, 그 뜻을
펼칠 수 없어 강산을 떠돌다 생사의 기별도 없이 사라져
간 한 사내의 꿈과 고독을

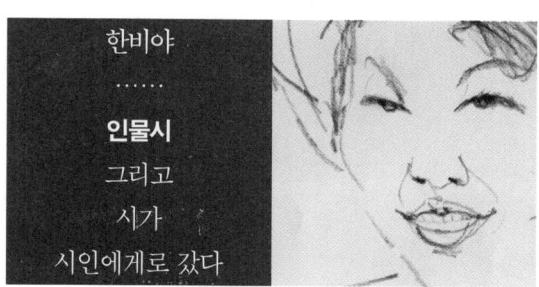

한비야
……
인물시
그리고
시가
시인에게로 갔다

시작 노트 | 한비야를 반철환이 쓰다

'진정 용기 있는 사람은 두려움이 없는 사람이 아니라, 그 너머에 더 큰 가치가 있는 것을 아는 사람이다.' 라고 한비야 선생이 말씀하셨던 것 같다. 그러나, '안다' 는 것만으로 가능할까? 선생은 '실천' 또는 '결행' 이 포함된 것만이 '앎' 이라 말하고 있는 것 같다. '머리' 만 있고 '다리' 가 없는 사람들 가운데 하나인 나는 그에게서 호모 사피엔스의 희망을 본다.

한비야
바람의 딸

식탁 유리 밑에 깔아 놓은 세계지도를 보며 자랐다지요.
인도에 붙은 밥풀과 칠레에 떨어진 콩나물을
떼어 먹으며 소녀는 꿈을 꾸었다지요.
'걸어서 지구를 한 바퀴 돌고 말 테야!'
눈은 빛나고, 두 다리엔 힘이 솟았다지요.

자라서 남이 부러워하는 직장에 취직을 했다지요.
어느 날, 가슴 속 새 한 마리 푸드득 날아올랐다지요.
'안전하다는 건 새장과 같은 거야!'
보장된 행복이 싫어 덜컥 사표를 던졌다지요.
그리고 맨발로 지구를 걷기 시작했다지요.

남들이 꺼려 하는 오지만 골라 딛었다지요.
한 발 한 발 위험한 국경을 넘었다지요.
인종을 넘고, 분쟁을 넘으며 사람을 만났다지요.
주린 난민촌 아이가 내미는 빵을 베어 먹으며,
얼굴론 웃었지만 가슴은 먹먹했다지요.

전 세계인이 먹어도 충분한 식량이 생산되지만,
인구의 30프로가 굶고 있는 세상을 만났다지요.

기아와 질병과 전쟁과 재해가 티 없이 맑은 이들을
차별 침식하고 있는 인간의 협곡을 만났다지요.
사람의 울음이 소용돌이치는 격류를 만났다지요.

여행을 마치고 몸은 고국에 돌아왔어도
마음은 입국하지 못했다지요.
'이제는, 지도 밖으로 행군하리라!'
NGO 월드비전의 긴급구호팀장이 되셨다지요.
종교와 인종과 민족과 성별을 넘어 모든
지구의 소외받는 사람들을 섬기기로 하셨다지요.

에이즈를 쓰다듬고, 쓰나미를 닦아내며
우리 모두의 날숨과 들숨을 몰고 다니는 바람이 되었다
지요.
아니, 바람(wind)의 딸은 이제 바람(hope)이 되었다지
요.
그 바람 속에서는 이런 목소리가 들려온다지요.
'사람의 손은 두 개다. 한 손은 나를 위한 것이고,
다른 한 손은 남의 손을 잡아 주기 위한 것이다.'

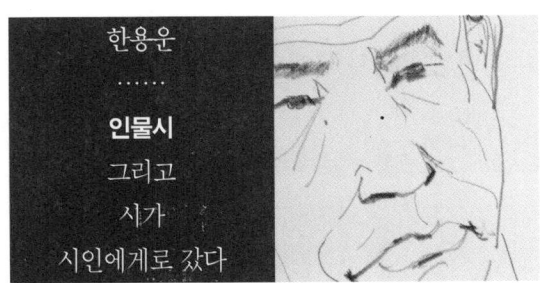

한용운
······
인물시
그리고
시가
시인에게로 갔다

시작 노트 | 한용운을 유안진이 쓰다

우리가 다시 어떤 위기에 처하게 된다면 만해 같은 시인이 몇이나 될까 상상하게 된다. 왜 그런 불길한 가정을 하게 되는지는 모르지만, 아마도 그림이나 음악과 달리 시는 민족혼이라는 민족어에 전적으로 의존되기 때문이 아닐까 한다. 따라서 시인의 삶과 작품은 별개일 수 없다고, 많은 작품을 남기지도 못한 만해 열사께 시인으로서 빚짐을 느끼기 때문일 게다.

한용운
그 본체이어라

 해 저문 벌판에서 돌아갈 길을 잃고 방황하는 민족을 위
하여
 피 토하는 통곡을 침묵으로 외친 애국시인 한용운
 한마디 버럭 질러 삼천 세계를 뒤흔든 개혁선승 만해卍
海
 휘몰아치는 눈보라와 맞서 님을 찾아 생애를 던진
 독립운동가 만해가 있어 일제강점 36년이 치욕만은 아
니었고
 자존심과 자결력을 가진 문화민족일 수 있었다

 일찍이 세계사에서 선승은 많았지만 선승이면서 혁명가
는 드물었고
 혁명가는 많았지만 혁명가이면서 위대한 시인은 드물었
으나
 선승이자 혁명가이며 위대한 시인으로서
 조국과 민족 중생 모두를 님으로 사랑하여
 제 곡조를 못 이기는 모국어로 애터지게 노래한 만해는
 님 잃은 슬픔의 힘을 님 찾는 새 희망의 정수박이에 들
어부어
 고통을 먹고 살 찌고 키 크는 새 희망의 횃불이시었다

이순신을 사공 삼아, 을지문덕을 마부 삼아
조선의 독립선언은 조선인의 자존과 자유의 인간본성과
세계대세에 마땅한 의무라고 호령 질타하며
암울하고 참담했던 시대에도 민족독립을 자신自信하여
총독부에 등 돌린 북향집 심우장尋牛莊을 짓고
얼고 굶어죽으면서도 창씨개명거부로 자긍심을 지켜냈
으니
시인 만해가 있어서 모국어가 민족혼으로 빛나고
다시 만난 님으로 조국광복이 앞당겨졌느니
우주만큼 광활하고 하늘과 바다만큼 높고 깊은
시인 정신, 그 본체이어라.

한용운
······
인물시
그리고
시가
시인에게로 갔다

시작 노트 | 한용운을 장석주가 쓰다

만해 한용운이 한때의 삶을 의탁했던 성북동 심우장 가까운 곳에 한동안 내 늙은 부모가 살았었다. 그 골목 어귀에는 월북하기 전 이태준 일가가 살았던 수연산방도 있고, 조금 더 아래에는 간송미술관이 있었다. 성북동 찾을 때마다 만해며 이태준이며 간송 전형필 등이 살았던 시대와 삶을 떠올리지 않을 수 없었다. 거리에서 부딪친 육당에게 면박을 주고 쌩쌩 찬바람을 일으켰던 만해나 북쪽에서 일가가 다 숙청을 당한 뒤 뿔뿔이 흩어져 살다 죽은 이태준이나 다들 곤핍한 세월을 살다갔다. 의가 좋을 것도 없고 나쁠 것도 없는 내외 중에서 아버지가 먼저 세상을 뜨고, 혼자 남은 노모는 성북동을 떠나 내가 사는 곳에 함께 산다. 세월 무상이다 !

한용운
성북동에는 호랑이가 산다

호랑이가 내려오던 성북동 계곡이다.
옛날엔 구름이 내려와 탁족을 하던
그 계곡엔 어느덧 집들이 빼곡하게 들어찼다.
남의 집 마당에 살구나무 홀엄씨가 그림자 데리고 사는
데,
그 집 뒷방 웃목에 자개장롱 모시고
구한말舊韓末 살림 꾸리며 늙은 내외가 살았다.
의가 좋다고도 나쁘달 수도 없는 쓸쓸한 내외를
나는 보육원을 찾듯이 주말마다
고등어 한 손을 사들고 찾던 시절이 있었다.
내외 중에서 적십자 병원으로 혈액투석 다니던
남자가 먼저 세상을 뜨고
혼자 남은 여자도 늙고 병들었다.
나는 혼자 남은 그이를 노모라고 부르는데,
아, 고등어조림을 침침한 식탁에 올리던 쓸쓸한 家系여.
배를 밀며 나아가는 길이
살 길이더냐 죽을 길이더냐.
오동꽃 피고 오동꽃 지고
의심 많은 나는 응달진 삶이나 들여다본다.
나의 가계가 있던 성북동 갈 때마다

해와 그늘과 구름과 초빙初氷과 맨드라미를 거느리며
그 옛날 성북동 일대를 오르내리던
심우장 호랑이를 생각한다.
권세 앞에 굽실굽실 잘도 조아리는 철없는 스님들 앞에서
악취가 난다고
포효하던 그 호랑이를 생각한다.

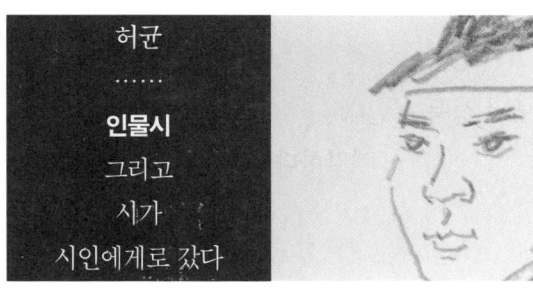

허균
......

인물시
그리고
시가
시인에게로 갔다

시작 노트 | 허균을 장석남이 쓰다

강릉에 가면 초당 허균의 집을 들른다. 바로 앞에는 경포호가 있
고 바로 뒤로는 동해 바다가 으르렁거린다. 실제로 허균은 이 집
에서 태어난 것은 아니라 한다. 그것과 상관없이 이 집의 툇마루
에 앉으면 허균의 내면이 늘 궁금했다. 삼족의 멸을 각오하고 나
아갈 수밖에 없는 그 내면의 바탕엔 커다란 적멸이 있었을 것만
같다.

올해는 초당에 눈이 내리고 있었다.

허균
큰 바다 파도

강릉 초당에 가

허균 선생에게 여쭙느니

한냉寒冷 일월

검게 언 이파리 그대로 매달고 섰는

수국 대궁 곁에 서서

꼭 그와 같은 기침 몇으로 여쭙느니

동해 큰 바다 파도 소리도 같이 하여 여쭙느니

손을 한번 좀 내밀어 주신다면

그걸 한번 잡아 보고 싶다고 여쭙나니

한냉寒冷 일월

적적한 저녁 싸라기 눈

흙담을 기웃거리며 또

무엇을 여쭙는가?

멸滅에 대하여

멸滅에 대하여

궁금한 눈길

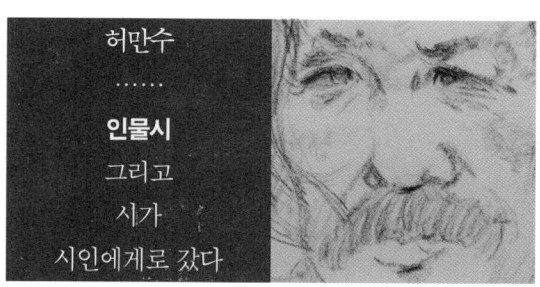

허만수
······
인물시
그리고
시가
시인에게로 갔다

시작 노트 | 허만수를 이원규가 쓰다

우천 허만수 선생과 고운 최치원 선생은 천년의 세월을 넘어 지금도 지리산 어딘가에서 만나 작설차를 마시고 있다. 나는 그저 그들의 밀회를 흠모하며 흔적 없는 발자국과 안 들리는 목소리를 찾아 눈을 감고 귀를 막으며 이 골짝 저 골짝 헤매고 다닐 뿐.

허만수

바람처럼 이끼처럼 물처럼

천왕봉에 가려거든
중산리 두류교 옆 큰 바위 위의
비석 하나 보고 가시라
산에 살다 산으로 사라진 산사나이
우천 허만수의 추모비부터 읽고 가시라

산을 사랑했기에 산에 들어와 산을 가꾸며
산에 오르는 이의 길잡이가 되어 살다
산의 품에 안긴 이가 있다.
사람들이 일러 산사람이라 했던 그분
우천 허만수 님은 1916년 진주시 옥봉동 태생으로
일본 경도京都전문학교를 졸업했으며,
재학시 이미 산을 가까이 하고자 하는 열정이
유달랐던 분이다. 님은 산살이의 꿈을 이루고자
30세에 지리산에 들어와
가없는 신비에 기대며 산을 찾는 이를 위해
등산지도를 만들어 나눠주기도 하고
대피소나 이정표시판을 세우기도 하고
인명구조에 필요한 데는 다리를 놓는 등
자연을 진실로 알고 사랑하는 이만이 해낼 수 있는

사람에 대한 사랑의 길을 개척해 보였다.
조난자를 찾아 헤매기 20여 년,
조난 직전에 사람을 구출하거나
목숨을 잃은 이의 시신을 찾아 집으로 돌려 보내고,
부상당한 사람들을 안전하게 옮겨 치료한 일
헤아릴 수 없으며,
지리산 발치의 고아들에게 식량을 대어주고
걸인들에게는 노자를 보태어 준 일 또한
이루 헤아릴 수 없으니
위대한 자연에 위대한 품성 있음을
미루어 알게 되지 않는가.
님은 평소에 '변함 없는 산의 존엄성은
우리로 하여금 바른 인생관을 낳게 해준다'고 말한 대로
몸에 밴 산악인으로서의 모범을 보여주었으니,
풀 한 포기 돌 하나 훼손되는 것을 안타까워한 일이나,
산짐승을 잡아가는 사람에게 돈을 주고 되돌려 받아
방생 또는 매장한 일이 이를 뒷받침해준다.
그런데 어찌된 일이랴.
님은 1976년 6월 홀연히 산에서 그 모습을 감추었으니,
지리 영봉 그 천고의 신비에 하나로 통했음인가.

가까운 이들과 따님 걱임의 말을 들으면
숨을 거둔 곳이 칠선계곡일 것이라는 바,
마지막 님의 모습이
6월 계곡의 철쭉빛으로 피어오르는 듯하다.
이에 님의 정신과 행적을 잊지 않고 본받고자
이 자리에 돌 하나 세워 그 뜻을 이어가려는 바이다.

비문은 이렇게 끝나지만
그는 지금 최후의 옷시림 칠선계곡에 살고 있다
바람처럼 이끼처럼 물처럼
모습을 감출 테니 찾지 말라던 산사람
골골이 빨치산을 만나고
고운 최치원 선생을 만나 신선대 위에서
작설차를 마시고 있다

분하다 내가 가야힐 길을
그는 이미 삼십여 년 전에 간 것이다

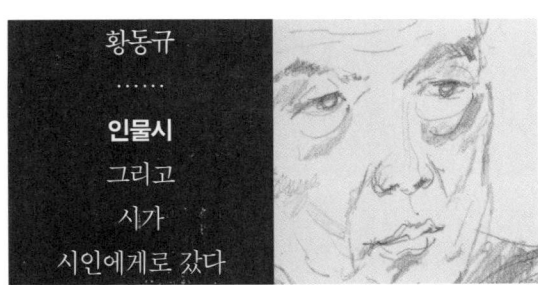

황동규
......

인물시

그리고

시가

시인에게로 갔다

시작 노트 | 황동규를 박세현이 쓰다

황 선생님의 존함을 이렇게 들먹여도 되는지 모르겠다. 시를 밟
고 서 있는 선생의 초상을 찍어보고 싶었다.

황동규
더 큰 잔으로!

물독을 두드리며 정선아라리를 부르는
자매들 소복 사이로
황동규 선생이 다가선다
소리를 만지고 싶은 걸음으로
다가서시더니 다음에 하지, 하며
포기하실 때
망초보다 섭한 마음 표정으로
시인은 다음이 지금이라는 걸 깨우치고
맥주컵에 빗방울 섞인 소주를 따르며
외쳤으리라?
더 큰 잔으로!
술잔에 튕겨오르던 빗줄기!
노시인의 전신이 환해져서
눈부셨으니 그 밤!
살찐 늦가을비 밤새 시인의 잔을 채웠으리라

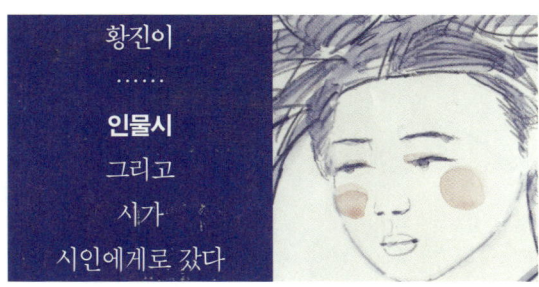

시작 노트 | 황진이를 서상영이 쓰다

오마바가 미국대통령 되었다. 용미美어천가를 써야 한다. 미국 국민 위대하다고. 그런데 오마바 대통령 임기 내 암살이 내다보인다는 신점이 나왔다. 그럼 용미어천가 써야하나? 쓰지 말아야 하나? 임기 끝난 담에 써야하나?

황진이
지족선사 스캔들

1. 동자승

　선사께서는 술병을 들고 저잣거리로 가셨다 입전수수入
廛垂手가 땡중인가 궁금친 않다 마음엔 달빛처럼 그윽한
스님의 미소가 흥건하니, 맘 밖의 시비가 왜 필요한가 주
인 떠난 산사는 인파가 늘었다 고운 의장 쓴 부인부터 사
모관대 쓴 장부까지, 답청인 양 와서는, 선사님 좀 구경하
잖다 나야 뭐, 면벽도 없이 하루 종일 마당에 비질만 하다
가(선사님은 마당을 쓸고 쓸어서 마음의 거울로 쓰라고
했다) 해지면 혼자 밥해 먹는다 밤은 길어 불성도 남성도
내려놓고 눈만 깜박대는데 그립다는 전서구 대신 전해지
는 건, 저자거리의 화첩—'황진이 미모에 도루아미타불
면벽 30년 지족화상!'

2. 신채호

　사람들아, 황진이 서화담 박연폭포가 좋으면 그렇게 할
진대, 지족화상 흥일랑은 아예 잊고 접어두자 사랑하지 않
고 사랑을 구걸하는 여인에게 선뜻 건네준 몸이 어찌 부끄
러움이요 허물이겠는가 경국지색 황진이든 천하박색 곰보
이든 무엇이 중요한가 그건 억불숭유란 조선의 이데올로
기가 지어낸 한낱 이바구일 뿐, 양반님들 껄껄대며, 감感

나게 감나게 떠들며 돌본 한 때의 정사情事일 뿐 열녀비까지 세우며 거국적인 성性쇄국정책을 표방했던 조선이 유독 '지족선사 스캔들'만 붙들고 늘어졌던 것은 명백한 사기이다

3. 국어교사의 양심선언
아아, 후손된 자들의 천박한 나르시즘이라! 중고교 선생, 학원선생, 대학교수까지 지족선사를 비웃지 않은 자가 드무니 이런 맹목이 세계에 또 어디 있을까 스토리도 빈약한 삼류소설로 황진이의 아름다움을 살찌울 수는 없는 일, 한글의 콧대를 높일 수도 없는 일, 침묵만도 못하였다 건국 60년 이래 맹하니 소비한 비용(선생＋학생의 노동력과 시간)을 죄다 모으면 국립도서관 몇 개는 족히 지었을 것을, 떠들만 한 것이 아님을 알았으니, 그만 멈춤이 좋겠다

4. 시인
상사병에 걸려 북망산천 가는 님
속옷 얹어 혼을 달래준 열다섯 계집애야
권문세가의 기둥서방도

부귀영화란 영악한 꿈도 없이
고단한 자유를 걸으며
동짓달 기나긴 밤을 베어내고 베어내어
어른님 맘을 묶던 정열의 여인이여
네가 부둥킨 생의 살결마다에
복숭아씨처럼 단단히 박혀 있던
쓸쓸함을
지금 나는 너와 함께 보고 있다

인물을 소재로 한 시의 재미

이승하 | 시인 · 중앙대 교수

소설의 매력 중 무시할 수 없는 것이 인물 창조이다. 그래서 구성과 문체와 아울러 작가의 시점과 인물의 성격이 중요하게 취급된다. 소설론 시간에는 인물을 놓고 전형적 인물이냐 개성적 인물이냐, 주동 인물이냐 반동 인물이냐, 주요 인물이냐 부차적 인물이냐를 놓고 따진다. 소설론에서는 또 환경이나 상황에 따라 성격이 변화하는 인물을 입체적 인물이라고 하는데, 「꺼삐딴 리」의 이인국 박사가 그런 인물의 전형이라고 할 수 있다. 작품이 진행되는 동안 성격의 변화를 보이지 않는 인물을 평면적 인물이라고 하므로 「수난이대」의 박만도와 아들 진수를 떠올려볼 수 있겠다. 시도 많은 경우 내 이야기이고 우리 가족과 이웃의 이야기다. 윤동주와 서정주를 비롯해 얼마나 많은 사람이 '자화상'이라는 제목으로 시를 썼던가. 고은은 옥중에서 1만 명의 인물을 낱낱이 시적 소재로 삼겠다고 결심하여 80년대 중반부터 '萬人譜'를 쓰기 시작해 지금도 쓰고 있다.

영국의 시인 테드 휴즈가 쓴 『시작법 Poetry in the Making』을 보니 열 개의 장 가운데 제3장과 제8장 두 장에 걸쳐 시란 궁극적으로 시인의 인간 연구라고 설명하고 있다. 제3장 '사람들에 관한 글쓰기'에서 휴즈는 인물을 적절히 표현할 수 있는 방법을 여러 가지 예를 들면서 제시하고 있다. 제8장 '주변 인물에 관한 글쓰기'에서는 가까운 친척이나 형제들한테서 시적 소재를 얻어내는 방법과, 시인의 관찰에 따라 인물 소재가 어떤 식으로 변형되는가를 설명하고 있다. 시도 소설과 마찬가지로 궁극적으로는 인물 연구, 인간 연구라는 것이다.

문학나무사에서 28명 시인에게 두 편씩 청탁하여 받은 시의 수는 56편인데 사진 자료가 없어 캐리커처를 못 그린 인물을 빼고, 또 박목월에 대해 신달자와 김성춘이, 서정주에 대해 손진은과 정숙자가, 오현스님에 대해 홍사성과 신달자가, 한용운에 대해 장석주와 유안진이 썼으므로 다뤄진 인물의 실제 수는 48명이다. 문인이 압도적으로 많아 18명, 연예인이 11명, 역사적인 인물이 8명, 식구나 이웃이 4명이다. 고승이 4명, 예술가가 3명이고, 소설(혹은 영화) 『바람과 함께 사라지다』의 주인공 스칼렛 오하라나 화가 모딜리아니의 아내 잔느 에뷔테른도 있다. 일단 같은 인물을 두 시인이 어떻게 달리 보고 있는지 살펴보자.

> 선운리 묘소 옆 소나무로 누워
>
> 일어나 말 걸고 싶어 안달을 하는
>
> 죽어서도 살아나
>
> 머리에 석남꽃 꽂고
>
> 한 서른 해만 더 살았으면 싶은
>
> 유구한 신라 사람의 머리칼로
>
> 지금도 바람만 불기만 하면
>
> 예쁜 계집애 배 먹어 가듯
>
> 해일처럼
>
> 백일홍 꽃처럼
>
> 막 목대올 것 같은 말로
>
> 그이는 아직도 우리 곁에 시퍼렇게 살아서 있다
>
> ― 손진은, 「서정주」 종반부

죽었지만 죽은 것 같지 않은, 귀신에 가까운 서정주 시인에 대해 흠모의 정을 듬뿍 담아 한 편의 시를 썼다. 펜을 든 시인의 손끝에서 되살아난 그 많은 사물들, 생명체들, 신라 천년……. 아닌 게 아니라 서정주가 「부활」에서 "내 너를 찾어왔다…… 臾娜. 너 참 내 앞에 많이 있구나. 내가 혼자서 鐘路를 걸어가면 사방에서 네가 웃고 오는구나."고 하면 시인이 어렸을 때 죽은 이웃집 소녀가 시를 통해 되살아난 것이 아니고 무엇이랴. 손진은은 시인의 사후에 전개된 서정주 비판 내지는 격하운동을 모르지 않을 텐데 서정주를 천의무봉의 시인, 영원무궁의 시인으로 간주하여 "아직도 우리 곁에 시퍼렇게 살아서 있다"는 최상의 찬사를 바친다.

한편 정숙자는 미당 선생 댁을 찾아가 겪었던 일화 하나를 소개한다. 짧은 시를 한 수 썼다고 하자 미당은 "외울 수 있으면 외워 봐"라고 말한다.

나무들~ 손끝으로 받는 이슬을~ 풀잎은 몸 굽혀 허리로 받네~

그는 창밖으로 담배연기를 길게 풀어 보냈다 그리고는

"나는 육십 년 동안 시를 썼어도 이슬 한 방울의 무게를 달아볼 생각은 못했어. 시는 누가 쓰든지 잘 쓰는 게 문제지 꼭 내가 써야만 되는 건 아니야."

라고 말했다 그날 이후
그 한마디는 내 문학인생의 주춧돌이 되었다
그날, 따라주신 맥주오하 부라보! 웃음소리도
바위틈 난초로 뿌리내렸다
― 정숙자, 「서정주」 부분

이 일화는 서정주 시인의 인품을 잘 말해준다. 애송이 여성 시인이 집에 찾아와 귀엽게 굴자(?) 시인은 칭찬을 아끼지 않는다. 육십 년 동안 시를 썼어도 그런 생각, 그런 표현을 해보지 못했다는 말을 해주었으니 정 시인은 용기 백배했을 터. 미당이 한마디 덧붙이는데, "시는 누가 쓰든지 잘 쓰는 게 문제지 꼭 내가 써야만 되는 건 아니야."— 이것이야말로 대가의 인품이 드러나 있는 말이다. 아니나 다를까 이 한마디는 정숙자 시인 문학인생의 주춧돌이 된다. 사람은 한두 마디의 말 속에다가 자신의 인생철학이나 인품을 담아낼 수 있다. 그래서 옛 사람은 "말 한마디가 천냥 빚을 갚는다"라고 한 것이 아니었을까. 한용운에 대한 두 시인의 견해가 같은데 표현 방법은 많이 다르다.

　　총독부에 등 돌린 북향집 심우장尋牛莊을 짓고
　　얼고 굶어죽으면서도 창씨개명 거부로 자긍심을 지켜냈으니
　　시인 만해가 있어서 모국어가 민족혼으로 빛나고
　　다시 만난 님으로 조국광복이 앞당겨졌으니
　　우주만큼 광활하고 하늘과 바다만큼 높고 깊은
　　시인 정신, 그 본체이어라.
　　— 유안진, 「한용운」 끝부분

　　나의 가계가 있던 성북동 갈 때마다
　　해와 그늘과 구름과 초빙初氷과 맨드라미를 거느리며
　　그 옛날 성북동 일대를 오르내리던
　　심우장 호랑이를 생각한다.
　　권세 앞에 굽실굽실 잘도 조아리는 철없는 스님들 앞에서

악취가 난다고
포효하던 그 호랑이를 생각한다.
　　　— 장석주, 「한용운」 끝부분

　유안진과 장석주가 한용운을 높이 평가하는 이유는 일제 강점기에 나온 시집 중 절창에 속하는 『님의 침묵』 때문이기도 하겠지만 이구동성으로 말하는 것은 한용운의 대쪽 같은 절개이다. 일제 강점기 때에는 문학인·종교인·정치인·경제인·예술가 할 것 없이 거의 대다수가 친일의 대열에 섰다. 불교계의 대표적인 인물이어서 온갖 회유와 협박에 시달리면서도 한용운은 초지일관, 훼절의 말도 하지 않았고 글도 쓰지 않았다. 성북동에 있는 심우장도 총독부가 있는 쪽이 아니라 반대편인 북향으로 지었고, 창씨개명도 하지 않았다. 유안진은 만해처럼 드넓고 깊은 정신의 시인을 이 시대에는 좀처럼 만나기 힘들다고 생각해서 이 시를 쓴 것이 아닐까.

　장석주는 일제 때 스님들이 대거 권세 앞에 머리를 조아린 것을 두고 한용운이 악취가 난다고 일갈한 일화를 자신의 성북동 시절과 함께 떠올린다. 유안진이 시인의 생애와 정신을 한 편의 전기를 쓴다는 심정으로 속속들이 밝혀 쓴 것임에 반해 장석주는 성북동 계곡에 살던 '쓸쓸한 내외'를 등장시켜 자신의 응달진 추억과 심우장의 호랑이에 대해 생각을 교차시켜 본다. 시인은 "적십자병원으로 혈액투석 다니던 남자"와 "혼자 남은 여자"를 자신의 부모라는 말은 하지 않았지만 왠지 그럴 것 같다는 생각이 든다.

이밖에도 많은 시인이 선배 문인을 높이 기리는 시를 썼
는데 그 가운데 특히 눈길을 끄는 것은 우리에게 잘 알려
져 있지 않은 일화를 전해주어 그 문인의 인간 됨됨이를
말해주는 시편이다.

> 깊은 밤에 시인이 처음으로 전화를 주신 그날
> 뇌수술을 받았는가를 물으셨다
> 예라고 대답했다
> 아직도 치료를 받고 있는가를 물으셨다
> 예라고 대답했다
> 시인은 예언자처럼 말씀하셨다
> 신이 사람에게 고통을 줄 때 선물도 함께 준다
> 신이 당신에게 주신 선물은 시詩다
> 그날 나는 신으로부터 선물을 받았다
> 그날 나는 다시 시인이 되었다
> ── 정일근, 「김남조」 전문

정일근 시인이 뇌수술을 받았다는 소식을 들었을 때, 나
는 그와 교분이 없었기에 전화를 해볼 엄두를 내지 못했
다. 그런데 김남조 시인은 지방의 한 젊은 시인이 큰 수술
을 받았다는 소식을 듣고 전화를 걸어 마음 깊은 곳에서
우러난 위로의 말을 전했다. 신이 사람에게 고통을 줄 때
선물을 함께 주는데, 그 선물이 시라고. 얼마나 크게 감동
받고 감사했으면 이 말을 정일근은 "시인은 예언자처럼
말씀하셨다"고 표현했다. 이 일을 지금까지 가슴에 담고

있다가 인물시 청탁을 받고는 그 어떤 위대한 문인, 위인을 제쳐두고 그 말을 해준 김남조 시인의 인품을 인물시 한 편을 통해 높이 기린다. 시인들 중에는 시와 인격 사이의 거리가 먼 이가 꽤 있는데 김남조 시인은 시세계와 인격이 동일함을 이 한 편의 시만 봐도 알 수 있겠다. 곽효환은 소설가 최일남 선생과의 추억을 더듬는다.

> 선생이 고희를 지나고도 한참 후엔가 전화를 드렸을 때
> 댁에서 뵈었던 키가 훤칠하고 고운 모습 그대로인
> 부인께서 자상하게 전화를 받았다
> 인사를 드리고 선생을 청하자 수화기 너머로 들려오는 소리
> "일남 씨, 일남 씨, 전화 받으세요……."
> 그날 수화기를 붙잡고 한참을 한참을 소리 내어 웃었는데
> "……이 사람, 싱겁기는 이러고 사는 거 처음 보나……."
> ― 곽효환, 「최일남」 부분

곽 시인은 최일남 선생이 친구들과 점심 후에 화투놀이를 즐기고, 손녀를 데리고 '맥도널드'에 자주 가는 여느 노인네와 다를 바 없는 것을 알고는 재미있어한다. 게다가 집에서는 부인이 일남 씨라고 부르는 것을 알고는 선생의 소탈한 성품과 집안의 화기애애한 분위기에 매료되어 이 한 편의 시를 썼다. 최일남 선생의 칼럼 속의 해학과 직접 만나서 확인한 유머감각이 동궤에 있다는 것도 알려주기 때문에 이 시는 읽는 재미를 십분 맛보게 해준다.

신달자 시인은 시단에 내보내준 스승이기도 했던 박목월 시인의 인간적인 면모를 못 잊어한다.

> 원효로 2층
> 어젯밤 쓴 시라시며 읽어주시던
> 지금 쓰는 것이 대표작이라 하시던 그 목소리 붙잡고
> 봄날이 간다를 부르고 싶다
> ― 신달자, 「박목월」 부분

원효로에 있는 자택을 방문할 때면 "신군 아이가?" 하면서 반갑게 맞아주던 박목월 시인은 신달자에게 아버지와 같은 존재, 아니 아버지 이상의 정을 느끼게 한 따뜻한 성품의 시인이었던가 보다. 그래서 비가 죽죽 오는 "오늘은 선생님을 아부지 아부지 하고 부르고 싶다"고 하는 것이 아닐까. 문단에서도 사제지간의 정이 예전과 같지 않은 요즈음의 삭막한 세태를 생각해보면 부녀지간과도 같은 이런 도타운 관계가 새삼스레 가슴을 찡하게 한다.

이런 유의 시는 고정희와 김규동 시인을 다룬 강인한의 시 등 대단히 많다. 친분이 있었거나 존경심을 갖고 있는 문인에 대한 헌사의 뜻이 담긴 이런 시를 시인들이 가장 많이 쓴 이유는 평소 애도의 뜻이나 존경심을 표할 기회가 없었는데 인물시 청탁을 받고는 이때다 하고는 쓴 것이 아닐까 한다.

연예인을 다룬 시에 재미난 것이 많다. 그 연예인에 대한 독자의 관심사와 시인의 관심사가 일치되거나 어긋나

거나 다 재미있다.

어느 날부턴가 사람들은
그의 가슴에 뻥 뚫린 구멍이 있는 걸 알았다

바람이 많은 부는 날 밤이면
휘이이이
온 마을을 휘돌던 그 나직한 소리가
가슴으로 토해내는 그의 울음이라는 걸 알았다.
— 이경림, 「최불암」 후반부

이경림은 탤런트 최불암을 나이 들어 허리가 구부정해진 아버지의 대명사로 상징화하였다. 시인은 최불암을 '노익장'이나 '노욕의 화신'으로 그리지 않는다. 퇴락한 시골마을을 지키는 노인네 같은 이로 인식했을 따름이다. 여기서 중요한 것은 최불암의 개인사가 아니다. 그가 연기한 외로운 노인의 이미지다.

박남희는 탤런트 손예진을 좋아한다는 것을 서슴없이 말한다. 사실, 누구나 마음속으로만 좋아하는 이성 배우가 있지 않은가.

그동안 바람이 거쳐 온 정거장들은
참으로 아름다웠다

문희…정윤희…채시라…이영애…

지렁이처럼 기어가도
고속열차가 되어 전속력으로 달려가도
끝내 그냥 스쳐 지나간 이름들

아름답던 그 이름들을 지나 모처럼
청초한 간이역을 만났다

주변에 맑은 하늘과 향기로운 들꽃을 거느리고
아득히 먼 산을 바라보고 있는 그녀
— 박남희, 「손예진」 부분

　시인은 미녀 배우들을 좋아했었나 보다. 그 여인들이
"끝내 그냥 스쳐 지나간 이름들"이 아니었다면 시인은 스
토커가 되어야 했으리. 아름답던 그 이름들을 지나 "모처
럼 청초한 간이역"을 만났으니 그이가 손예진이다. 「무방
비도시」, 「외출」, 「연애시대」, 「내 머릿속의 지우개」를 시
인은 다 본 모양이니 요즈음 MBC 수목 미니시리즈 「스포
트라이트」도 열심히 보고 있지 않을지. 시인은 손예진을
"그녀의 아름답고 촉촉한 눈빛"이라고 표현한다. 그리고
시의 첫 연과 끝 연을 통해 손예진과는 다른 배우들처럼
빨리 헤어지지 않고 오래 좋아하고 싶다고 말한다. 스스로
팬임을 고백하는 시인의 솔직성과 순진성이 독자의 입가
에 웃음을 머금게 한다.
　한편 오세영 시인은 노래 듣기를 무척 좋아하는 분임에
틀림없다.

그대 목소리가 와 닿는 사물들은 그 즉시
무엇이든 살아 숨쉬는구나.
한 순간의 심호흡과 깨어난 혼의 그
황홀한 전율,
그대가 사랑이라 이름하면 그것은
사랑이 되고
그대가 기쁨이라 이름하면 그것은
기쁨이 된다.
가객 장사익,
고단한 시대의 한 축복이여!
― 오세영, 「장사익」 부분

그대는 필시
삶의 괴로움을 달래주기 위해
하늘이 이 땅으로 보내주신 신神의 딸,
그대 있음에
한 시대 감동으로 충만하고
그대 있음에
한 세상 새빛으로 거듭난다.
― 오세영, 「조수미」 부분

　나 자신도 장사익의 육성을 여러 차례 들었는데 그때마
다 가슴이 뻥 뚫리는 후련함이랄까, 십년 묵은 체증이 내
려가는 기분을 느끼곤 했었다. 오세영 시인은 장사익을 가
객이라 칭하면서 "고단한 시대의 한 축복이여!"라고 말한

다. 시인이 이 가수를 얼마나 마음에 들어 하는지 알 수가 있다. 성악가 조수미는 또 얼마나 좋아하는지, "천사의 목소리가 어찌 그리 애절한지" 하면서 천사가 지상에 내려와 들려주는 목소리라고 칭송을 아끼지 않는다. 오세영 시인은 글쓰기의 힘겨움을 아주 대조적인 두 가수의 CD를 들으며 이겨내는가 보다. 그러고 보니 오세영 시인은 서정성이 풍부한 시와 논리적이면서도 날카로운 평문을 함께 쓰고 있는 분인데 이런 양면성이 음악 감상 취미와 무슨 연관이 있지 않을까 생각해보게 된다.

한우진은 자살로 생을 마감한 국민가수 김광석에 대해 이렇게 쓴다.

공중에 돌이 떠 있다.

사랑했을 뿐이다, 노래했을 뿐이다

돌 속에 든 등잔의 혈관이 터진다

죽은 심지에 노래를 댕긴

돌이 공중에 떠 있다

흐리거나 말거나 밤낮으로 빛난다
― 한우진, 「김광석」 전문

한우진의 이 시는 "노래했을 뿐이다", "노래를 댕긴" 같은 대목이 있어 가수 김광석을 소재로 했을 것이라는 짐작을 할 수 있지만 상당히 관념적으로, 또한 이미지 제시로 시를 끌어가고 있다. 일단 시인은 가수의 이름을 '光'과 '石'으로 이해하고 있다. 돌이 공중에 떠 있는데 그 돌은 죽은 심지에 노래를 댕긴다. 산이나 강가에 있어야 할 돌이 공중에 떠 있으니 얼마나 불안한가. 게다가 돌 속에 든 등잔의 혈관이 터진다. 어느 사찰의 석등인가? 죽음, 조문, 애도 등을 복합적으로 표현한 시행이 아닌가 한다. 너무 일찍 타계한, 그것도 괴로운 일상사를 감당하지 못해 스스로 목숨을 거둬들인 가수 김광석을 시인은 몇 마디 알 듯 모를 듯한 말로 위로하고 싶은 것이다. 그대 사랑했을 뿐인데 노래했을 뿐인데, 왜 돌인 그대가 32년밖에 못 살고 공중(저승세계로 생각해도 된다)에 떠 있단 말인가. 하지만 공중의 돌인 그대는 사후에도 여전히, 흐리거나 맑거나 밤낮으로 빛나고 있는 돌, 그래서 이름도 光石이 아닌가.

구회남은 시인이자 작사가인 박건호의 투병과 죽음을 애통해하며 한 편의 시를 썼다.

발 사진 에세이 전시회에 퉁퉁 부은 두 발을 내어다 걸고는
'걸을 수 있다, 기적이 일어났다'고 좋아하시던 모습은 영락없는 소년이었는데
톱으로 잘린 심장, 철사 줄로 묶인 가슴뼈로 살아내고 있는 줄,

뇌졸중에, 중풍에, 신장이식수술까지 받으신 줄 미처 몰라
　　손 한 번 먼저 내밀어 나무의 결 한 번 만져드리지 못한 회
한의 밤.

　　지난 1, 2년 '허수아비'로 나타나서 마지막 인사하는 것인
줄,
　　'모닥불'로 피어나 새에게로 가는 길의 끝자락인 줄 미처
몰랐던 나.
　　'내 곁에 있어주' 하신 당신
　　2007년 12월 9일 우리 곁에서 먼저 떠나간 한 사내.
　　고독조차도 사치였던 당신 곁에 '모나리자'의 모호한 미소
를 지으며
　　'아! 대한민국'인들은 황사 긴 하늘을 봅니다.
　　─ 구회남, 「박건호」 부분

　　박건호가 작사가인 줄은 알고 있었지만 우리나라의 대
표적인 이런저런 대중가요를 작사한 분인 줄은 몰랐다. 또
한 그가 생의 말년에 엄청난 고통을 겪었으며, 2007년 12
월 9일에 작고했는지도 몰랐다. 시인은 박건호와 개인적
으로 친분관계가 있었는지 평소에 관심을 갖고 있던 사람
이었는지는 알 수 없으나 한 명 예술가가 혹독한 투병의
과정을 거쳐 저승에 갔음을 소상히 들려줌으로써 그분의
부음을 전하고 죽음을 애도한다. 시인이 이 시를 씀으로써
박건호는 우리의 뇌리에 다시금 되새겨질 수 있게 되었다.
인물시의 매력은 여기에도 있는 것이다. 두보가 시에 쓰지

않았더라면 우리가 이귀년을 어떻게 알 것이며, 황진이가 시를 쓰지 않았더라면 서화담을 어떻게 운위할 수 있겠는 가. 그러고 보니 나 자신 그 어느 누가 쓴 인물시의 소재가 되어 영원무궁 읽혀질 수 있으면 좋으련만……

　고운기의 배우 이미연론, 박세현의 가수 은희론, 정일근의 가수 배호론, 구회남의 탤런트 고현정론도 시간을 두고 음미해볼 만한 시이다.

　인물시 가운데 가장 특이한 것은 유명한 사람이 아니라 시인 자신의 주변 사람들, 즉 가족이나 친척, 친구일 것이다. 혹은 이 땅의 장삼이사일 수도 있다. 이원규는 남한 빨치산(일명 남부군)의 총책이었던 이현상을 다루기도 하지만 지리산 일대에서 조난자 구조를 하며 살아간 의인 허만수를 기리는 시를 쓴다. 허만수는 시인과 별 관계가 없었던 사람인 것 같은데, 그의 인품에 매료된 시인은 그의 일대기를 쓰는 대신 한 편의 시를 써 추모한다.

　　조난자를 찾아 헤매기 20여 년,
　　조난 직전의 사람을 구출하거나
　　목숨을 잃은 이의 시신을 찾아 집으로 돌려보내고,
　　부상당한 사람들을 안전하게 옮겨 치료한 일
　　헤아릴 수 없으며,
　　지리산 발치의 고아들에게 식량을 대어주고
　　걸인들에게는 노자를 보태어 준 일 또한
　　이루 헤아릴 수 없으니
　　위대한 자연에 위대한 품성 있음을

미루어 알게 되지 않는가.
— 이원규, 「허만수」 부분

이제 우리는 이원규 시인 덕분에 지리산 천왕봉 가는 길, 중산리 두류교 옆 큰 바위 위에 있는 추모비를 그냥 지나칠 수 없게 되었다. 그 앞에서 모자를 벗고 잠시 묵념이라도 올리고 가야 한다. 무명인 어떤 사람의 생애를 요약해 말해줌으로써 그의 인품이나 업적을 알릴 수 있는 것—이것도 인물시가 할 수 있는 일이다.

차승호가 "코골이 심하여 병원에 갔다 덜컥 갑상선 수술 받은 어머니"를 다룬 시 「최순희」를 쓴 이유는 그 어떤 고명하신 분보다 인물시를 쓰자면 어머니부터 써야 한다는 생각이 들어서였을 것이다. 의사가 콩밭 매는 것은 운동이 안 된다고 해서 저녁 먹고 산책 나가는 어머니를 따라나서서 '노동'에 대해 이런저런 생각을 해본 것이 시가 되었는데 사투리가 여간 재미있는 것이 아니다.

콩밭 매나 운동이나 매한가지 아니라니?
지난 달 코골이 심하여 병원에 갔다 덜컥 갑상선 수술 받은 어머니 콩밭 매는 건 운동이 안 된다는 처방에 따라 저녁 자시면 나서는 산책길, 따라나섰네
콩밭 매는 건 노동이라고 허넌규
노동은 무슨, 얼절이나 겉절이나 썩어 으빠어질 육신 움쩍거리는 거 아닌감? 산책도 들판 둘러보는 일로 여기시는가 농로 따라 억세게 뻗은 껄껄이풀 걷어 내시네

공부 많이 헌 의사양반 운동 운동 허니께 그냥 그런개비다
허넌 겨

　농사꾼 발자국 소리 표가 나는지 문풍지처럼 바람귀 세우
는 들판 무량수 들판

　들판은 어머니(최순희, 1942~)가 다 키우시너먼그류 낮
에는 노동으로 밤에는 운동으로 어머닌 무슨 노동운동가 같
유, 말허자면 실존 노동운동가

　들판 깊은 어디쯤 뜸부기 울음 잦아드네 내게 몇 번이나 남
았는지 알 수 없는 즐거운 시간 하나 저물어 가네

　아직 살아 있으니 실존은 실존이구먼그랴
　　　　　　　　　　　　　　　 — 차승호, 「최순희」 부분

『현대문학』 2회 추천을 받은 상태에서 유치환의 작고로
천료를 받지 못해 한동안 문학을 접었던 김해석의 인간 됨
됨이를 상찬해 마지않은 시 「김해석」을 쓴 김종섭은 스승
에 대한 존경심을 시로 표현한 케이스다. 당찬 여성의 대
명사인 스칼렛 오하라를 다룬 이경림, 세계 무용사를 바꿔
놓은 맨발의 이사도라(러시아의 시인 예세닌의 아내이기
도 했었다)를 노래한 한우진, 가난한 화가 남편 모딜리아
니가 폐결핵으로 죽자 그 다음날 건물 6층에서 투신자살
한 잔느 에뷔테른을 쓴 이윤설의 시도 주목을 요한다. (잔
느는 임신한 몸이었는데 딸도 하나 있었으므로 사랑이 아
무리 대단하다고 해도 그녀의 죽음은 동정하기 어렵다.)

　이상 주마간산 격으로 여러 시인들의 인물 소재 시를 살
펴보았다. 반칠환이 여행가 한비야와 화가 박수근을 다룬

시, 박남희의 아동문학가 권정생을 다룬 시, 서상영의 황
진이를 다룬 시도 흥미롭게 읽었다. 알바니아 태생의 프랑
스 망명 작가 이스마일 카다레를 다룬 곽효환의 시는 의미
심장하다.

소설가는 인간 연구를 할 때 상상력을 발휘하여 픽션으
로 만들 수밖에 없지만(물론 전기문학이라는 것도 있지
만) 시인은 솔직하게 일화를 들려줄 수도 있고, 인물 평가
를 할 수도 있고, 평소 그 사람에 대해 생각한 바를 이야기
할 수도 있다. 인물의 변형과 인물에 대한 재창조, 재해석
이 얼마든지 가능하다. 여기에도 인물시의 매력이 있지 않
을까. 인간에 대한 관심 없이 어찌 문학을 논할 수 있겠는
가. ✤